LE PARADIS D'EN FACE

Paul M. Marchand a publié *Sympathie pour le diable* (Florent-Massot, 1998), *Ceux qui vont mourir* (Grasset, 2001), *J'abandonne aux chiens l'exploit de nous juger* (Grasset, 2003). *Le Paradis d'en face* est son quatrième roman.

Paru dans Le Livre de Poche :

J'ABANDONNE AUX CHIENS L'EXPLOIT DE NOUS JUGER

PAUL M. MARCHAND

Le Paradis d'en face

ROMAN

GRASSET

L'auteur remercie pour leur soutien :

Le Centre National du Livre, et particulièrement
Monsieur Philippe Babo et Madame Catherine Coridian ;
La Mission Stendhal du ministère des Affaires étrangères
et son Chef de la Division de l'Ecrit et des Médiathèques,
Monsieur Yves Mabin ;
Ainsi que Mademoiselle Helge Dascher.

ISBN : 978-2-253-12250-0 – 1re publication LGF

Pour Asta,
Mon enfant, Mon amour,
qui me fit, enfin, découvrir le verbe Aimer…

Car ceux qui vont mourir, on ne les salue plus. Le malheur crée autour d'eux un salutaire précipice social. Ils sont peu nombreux ceux qui osent encore franchir ce fossé qu'autour de vous les larmes ont creusé.

Philippe FOREST,
L'Enfant éternel.

Lorsque je l'ai vu entrer dans le hall du théâtre, j'ai été pris d'une envie folle de le tuer de mes mains. Déjà, j'avais ses dents sous mes talons, un peu de son sang sur le bas de mon pantalon, comme de la gouache... Il était laid, cabossé par l'idée qu'il avait de lui-même. Il était triste et maigre, ses vêtements étaient tout défraîchis. Il était propre, pourtant. Il avançait timidement. Le tuer était peut-être excessif, il mourait déjà. Il était en partance. En l'achevant, je lui rendrais juste la vie facile. Je l'aidais tout au plus, un coup de pouce, rien de moins. J'avais une âme de mécène. En fait, il me terrifiait. Il avait les gestes lents de la vieillesse, ces petits gestes engourdis, luttant contre une sorte de vent invisible. Appuyé contre un des piliers du hall, je le regardais s'appesantir dans sa misère. Roi des parasites, il excellait dans la déchéance. J'étais quasiment seul dans cette entrée de théâtre et cet homme m'effrayait. Il m'avait remarqué, il se transportait vers moi. J'allais lui casser la tête, l'éventrer et l'étriper, et s'il me restait du temps libre, le lapider avant de l'immoler. Sa venue ici était une impudence. Ce qu'il tenait entre les mains me menaçait. Je voulais en finir, un spectacle de danse m'attendait. J'étais de bonne humeur. Je portais une belle chemise sous une jolie veste. Ce vieux « Salaud de pauvre » me gâchait tout cela. Il désirait manger. Le faisait savoir. En hypocrite. En noir sur blanc et en lettres d'imprimerie, d'une écriture tremblée, sans faute d'orthographe. Sur un morceau de carton, entre ses doigts froissés. Protégé par ce bouclier ridicule, il approchait toujours. Il était difficile de fuir. Je le voyais très âgé, il se révélait plutôt antique, un reste d'homme à faire se pâmer un commissaire-priseur. L'état civil avait renoncé depuis longtemps à lui créditer ses années supplémentaires. Mais il se cramponnait. Il remuait encore, le faisandé : les attractions terrestres l'habitaient toujours. La nuisance avait bien quatre-vingts ans. Je le rajeunissais un peu, je ne prétendais certes pas supplicier un ancien, ça manquait de tenue. Le malveillant exhibait sa réclame. Dignement. Il devait être muet… « Je suis seul. Aidez-moi » : ce n'était plus une agression, c'était un sauvetage. Le temps était venu de jeter des bouées et d'égrener la pitié. Des euros et des centimes : je m'allégeais. Je luttais contre la faim dans le monde. Je faisais dans le social, dans l'humanitaire, j'allais finir ministre. J'étais un héros, sans sauter un repas, j'avais gagné le droit de me reposer. Le loqueteux me remercia, j'évitai ses yeux, je baissai la tête. Une offense de plus, j'avais honte. Le hall commençait à se remplir. J'étais en avance. J'avais déjà retiré ma place : le troisième rang, au centre, à une petite distance des danseuses, posé tel un prince. Je patientais en fumant. Mon « pauvre » vivait sa vie, il se tenait en embuscade près des entrées, en déployant ses filets. Il répandait alentour son malheur pour engluer l'amateur. Certaines gens ont des loisirs... Humblement, il aguichait. Il exhibait son programme : la solitude et l'entraide. Son plus fidèle argument, c'était lui. Il était un aimant à obole, la justification parfaite de la charité. Je le considérais avec un intérêt digne d'un entomologiste. Je me demandais combien de ferraille un crève-la-faim pouvait recueillir lors d'une soirée de spectacle. La danse était-elle plus rentable qu'un couloir de métro ? J'étudiais ses tactiques, j'enregistrais les détails, cela pouvait me servir un jour. Je souscrivais une assurance-vie. Le hall maintenant était bondé. Mon petit vieux se coulait gentiment dans les groupes, son écriteau lui servait de carte de visite. Les présentations étaient vite faites. Cinq mots. Un pont qu'il proposait à chacun de franchir. Il ne s'imposait pas, non, il profitait des interstices. Il ne stationnait jamais, il marquait une pause, la tête haute, et repartait en laissant sur place quelque allure ignorée de tous. Il n'implorait pas. Il donnait envie. Il avait acquis une espèce de maturité absolue de la mendicité.

C'était sa griffe, c'était son don. Je m'attachais à ses pas, je le couvais des yeux. Il tanguait entre les différents espoirs. Mais l'espoir ce soir-là était ailleurs… Alors, je sentis une effroyable colère monter en moi, la tentation d'insulter et de violenter cette assemblée de salopards, ce ramassis blet de nantis, de possédants. Mes semblables ! Ils étaient quelques centaines, je les avais inventoriés un à un et passés au tamis. J'avais estimé leurs habits, leurs belles chaussures, leurs lunettes de créateurs, leurs sacs en peaux rares, leurs bijoux. Je les avais dévisagés, je pouvais les dénoncer. J'avais deviné les professions, ça œuvrait dans le libéral, la communication, les finances, les médias, le médical et dans la création tous azimuts ; certainement dans l'original ou le marginal. Ça ouvrageait d'élite. Ça avait du poids et de la superbe. Ça ne prédominait pas ! Ça lévitait ! Tous, ils dépensaient au bas mot un minimum de cent euros ce soir, entre la location de leur fauteuil, le verre ou le repas après la récréation, peut-être le taxi. Tous savaient lire et distinguer un gueux. Et tous devaient connaître, comme moi, cette boursouflure, ce sentiment où chacun se sent empereur devant une cloche. Mais ce gueux-là n'entrait pas dans leur Empire. Je les avais vus, je n'invente pas, pendant près de trois quarts d'heure ils l'avaient ignoré, baratté, digéré et éjecté comme de la merde. Sans lui offrir quoi que ce soit, pas même leurs ombres protectrices… Ils étaient tous très délicats, ils arboraient des mines affectées, bien au-delà du dégoût. Sa pitoyable présence consacrait un prix à cet homme ; en chœur, ils feignaient de l'ignorer. Il n'avait plus d'âge, ou alors il avait mille ans, il était courageux, il s'accrochait à la vie, mais la vie était un lieu mauvais. Ce vieillard n'existait pas pour eux, puisqu'ils lui refusaient même un semblant d'estimation… Cet éboulis de quatre-vingts ans, quand il ouvrait les yeux le matin, et se sachant vaincu, avait la confirmation de son excédent de vie. Il ne disait rien. Il encaissait. N'abdiquait pas. Il était captif de sa propre situation, plus enfoncé encore dans sa nuit et dans sa noblesse. Servile à l'ordre des choses… A être témoin de son martyre, je me demandais, lorsqu'il s'endormait, fermait-il les yeux sur sa condition pouilleuse ou s'assoupissait-il bercé par des montées de souvenirs heureux, rescapés du naufrage, qui lui permettaient ainsi de rêver comme un homme consolé ?

Je venais d'arriver à Paris. Je découvrais que cette grande ville était peuplée de provinciaux en exil. Autour de moi, tout le monde venait de quelque part, moi j'arrivais de Genève, c'était ailleurs et plus loin, pas vraiment hexagonal, une frontière à traverser pour un même fuseau horaire. Dans les petites annonces, un appartement était à louer rue Girardon, à Montmartre. Céline y avait vécu. Cela devait être une bonne adresse. J'ai bien cherché une plaque au numéro quatre, ausculté son ancien immeuble, rien. Pas d'indice, aucune mémoire. Le silence et la désaffection. J'habitais au numéro huit de cette rue. Les touristes y étaient peu nombreux, quelques littéraires parfois qui levaient le nez vers le toit pour tenter d'apercevoir le coin de ciel où œuvrait le génial auteur. Lorsque je croisais un de ces érudits sentimentaux, je lui disais que l'amnésie était collective et très sélective, un peu comme une vertu esthétique, qu'il n'y avait rien à voir mais tout à deviner et que ce n'était pas plus mal ainsi ;

Céline était bien trop grand pour tenir sur une plaque de marbre.

Je collectionnais les complications, les correspondances et la promiscuité, alors de piéton je me suis transformé en motorisé et rapide, furtif entre les voitures, sans éclat et toujours dans le raisonnable, soucieux des convenances et du code. Une cylindrée moyenne de couleur rouge. Une occasion révisée et abordable. Le port du casque était désagréable à cause de ma coupe en brosse, mais ma notion du temps se trouvait abrégée. Je parcourais la ville sans encombrer les sous-sols. Sur la moto, en trajectoires directes ou en bifurcations, défilait toute l'histoire de France : les bâtiments, les magnificences, les figures illustres, les obscurs et les oubliés, c'était distrayant, forcément instructif. Ce fut grâce, ou à cause de cette moto que je me prénommai Nicolas pendant près d'un an, moi dont l'état civil certifie pourtant que je m'appelle Thomas.

Au début, je n'y ai pas vraiment prêté attention. La première fois que j'ai garé la moto près du numéro huit de la rue Girardon, sur le trottoir, bien appuyée sur sa béquille, elle a ouvert sa fenêtre, au cinquième étage, s'est penchée à moitié et a demandé d'une forte voix : « Nicolas, c'est toi ? » J'ai levé la tête et regardé tout autour de moi, j'étais seul sur le bord de cette rue, pas même une ébauche de profil. « Nicolas, c'est toi ? » J'ai pianoté mon code, deux chiffres une lettre et encore deux chiffres, presque une symétrie, et puis je suis rentré chez moi, imprévoyant du lendemain.

La nuit suivante, j'ai découché. La moto autorisait les escapades nocturnes. Je n'étais plus l'obligé des taxis en maraude et du dernier métro. J'aimais la vitesse comme on aime une commodité, je vérifiais toujours mes freins. Je ne pilotais pas une moto, je pilotais un style de vie. Je pouvais improviser, engranger les lubies et faire faux bond. Je devenais volage et sans attache, uniquement à la merci d'une panne d'essence. Abasourdi par ces évidences, je dormis plusieurs nuits chez les unes et les autres, prétextant que mon nouvel appartement était en cours d'installation, mes meubles encore bloqués en douane par un formalisme administratif pesant. J'apportais les desserts, je glanais des idées de décoration et d'aménagement. Dans mes poches il y avait une brosse à dents, un rasoir et mes crèmes hydratantes, dans les sacoches de la moto un inventaire de linge un peu froissé.

J'avais accès aux réfrigérateurs, aux lits, aux salles de bains et à la cafetière, je n'osais pas abuser en réclamant d'utiliser la machine à laver ; il ne me fallait pas congédier l'enthousiasme spontané… Lorsque mes sacoches ressemblèrent à deux panières de linge sale, je décrochai du nomadisme urbain et fis demi-tour en direction de la rue

Girardon, en m'arrêtant aux feux rouges, invention antisportive par excellence. La priorité à droite m'exaspérait toujours, pourquoi me fallait-il m'effacer devant des gens que je ne connaissais même pas ? Je lui préférais la priorité adroite, mais celle-ci n'était pas à l'ordre des protocoles routiers. Sous le casque, j'élaborais un nouveau code, plus audacieux. Il avait neigé à l'aube, puis la température s'était adoucie, sur les arbres et dans les squares de la butte Montmartre la neige commençait à mourir de chaud. Les toits s'égouttaient comme des fronts en sueur. Nous étions en mars et il était l'affidé de novembre. Sur les trottoirs souillés, tous perdaient un temps fou à se presser, ils n'avaient d'autre ennemi que l'immobilité. Je m'étais attardé dans une rue commerçante pour me ravitailler, lorsque j'entendis un homme protester contre un autre armé, lui, d'un parapluie : « Monsieur, je ne suis pas en plein océan et pourtant j'ai eu une baleine dans l'œil ! » La voix portait loin et beaucoup s'en amusèrent, la neige affûtait les esprits et les ardeurs, l'éloquence pirouettait. J'emmagasinai le nécessaire et un excès de superflu, des produits du Périgord à tartiner, du décapant liquide à base de grains et des rentre-dedans en kit à picorer pour le mutisme, en fin de récréation culinaire, pour mieux aborder la somnolence lorsque les arômes du café ne contrarient même plus la visibilité. Je m'étais fixé un objectif en venant habiter à Paris pour la première fois de ma vie : je décidai de me lancer dans la cuisine, de celle qui vous remet d'aplomb sur la chaussée et laisse derrière elle quelques réverbérations sur les invités, une cuisine de l'époque de la T.S.F. Le carton de provisions calé entre mes bras sur le réservoir, je suis rentré chez moi. Je l'ai entendue distinctement quand j'ai ôté mon casque et coupé le moteur, sa fenêtre était ouverte. « Nicolas, c'est toi ? Viens vite, il fait froid ! » J'ai reculé un peu et j'ai levé la tête pour la regarder, elle était dans son cadre comme une femme-tronc à la télévision, à peine appuyée sur le rebord, une vieille tige dans son terreau. Chez moi, j'ai frotté de l'ail sur des longs bouts de baguettes dorées au four et puis j'ai étalé de belles tranches de cette spécialité d'oie gavée, figée dans le marbre de sa graisse jaune.

Le sommeil n'est parfait que lorsqu'il est sacrifié. Ma nuit fut bien calme, mes rêves consciencieux, mais le réveil forcé. J'ai quitté la rue Girardon autour de sept heures du matin. La radio annonçait de la pluie, et effectivement, il pleuvait. La moto était trempée, pourtant elle démarra d'un coup. C'est près de la place des Abbesses que l'idée m'est venue, alors j'ai fait demi-tour, j'étais plus intrigué que curieux. En roulant au pas, dans le sens interdit à la circulation, j'ai scruté les trottoirs et regardé attentivement entre chaque voiture stationnée dans la rue Girardon. J'ai effectué deux passages. Elles étaient très peu nombreuses, à peine trois. Des grosses cylindrées, deux japonaises, une italienne. Deux sur la chaussée, coincées entre des pare-chocs, une contre un mur. Toutes éloignées du numéro huit de la rue, toutes de modèles différents de la mienne. J'ai ralenti près de chez moi, j'étais presque arrêté, je me maintenais en équilibre pour ne pas mettre pied à terre, je jouais des épaules et du rein, du frein et de la poignée de gaz, au numéro dix, au cinquième étage, aucune des fenêtres ne semblait vouloir s'ouvrir. J'ai accéléré doucement et je suis allé à mon rendez-vous.

C'étaient toujours les mêmes mots, les mêmes intonations de voix. Un mélange de surprise, d'excitation, de soulagement. Elle paraissait se nourrir de ces mots-là. « Nicolas, c'est toi ? » Et puis, abusée par le silence, la voix alors se faisait moins forte, la tête rentrait, comme dérobée par l'ombre de la pièce, et la fenêtre se refermait doucement. Une fois, elle souleva le rideau pour m'observer encore un peu, seul sur le trottoir d'en face. A la voir me regarder ainsi, j'ai eu l'impression qu'elle se souvenait d'une ombre, très loin d'elle. A cinq étages de distance et séparés par une rue, du bas vers une hauteur de vingt mètres, moi derrière mes lunettes, elle derrière sa vitre, elle paraissait âgée. Un soir j'ai biaisé, j'ai regagné mon appartement à pied. Elle n'est pas apparue à sa fenêtre, elle n'a pas lancé « Nicolas, c'est toi ? » Je suis retourné chercher la moto, j'ai emballé le moteur à proximité de chez moi, à partir du vingt-huit de la rue, la fenêtre s'est ouverte, elle s'est penchée, elle avait un pull, un genre né en Ecosse, à losanges bleus je crois, car il faisait nuit, j'étais en dessous d'elle entre deux voitures garées, un graffiti dépoli me dévisageait : pas une vaine obscénité, plutôt une ode à l'amour, dessinée à la va-vite d'une main malhabile, une forme oblongue avec deux ronds primitifs pour la caler, une délicatesse ; elle a crié son sésame : « Nicolas, c'est toi ? » Je suis descendu de moto et j'ai dit : « Madame, vous devez confondre, je ne m'appelle pas Nicolas ! » Elle a sursauté dans son cadre, « Nicolas, c'est toi ? » Je n'ai pas insisté. Un homme m'a frôlé, un sourire aux lèvres, en levant les yeux vers le cinquième étage : « Ne vous en faites pas, elle est toquée... » J'ai étudié un temps ce franc crétin et j'ai répondu : « Peut-être est-elle de votre famille ? »

Je commençais à douter de mon état civil. « Nicolas, c'est toi ? » Une litanie... Cela a duré près de quatre semaines. Je me souviens bien du jour de mon arrivée avec la moto, c'était l'anniversaire du premier mois de mon bail ; comme je me souviens du jour où j'ai décrété être plus curieux qu'intrigué, c'était celui de la révision de la moto, l'huile des freins et celle du moteur et un infime réglage de l'arrivée d'essence, ce dernier non facturé. En sortant de chez le garagiste, je me suis mis à gamberger, ce n'était pas incompatible avec la conduite d'une petite motocyclette. Je décidai de m'embusquer en face de chez elle, de l'attendre et de la suivre. Comme ça, pour voir à quoi elle ressemblait une fois descendue au rez-de-chaussée et pour savoir pourquoi j'avais une tête à m'appeler « Nicolas ». J'étais dérouté, je ne connaissais aucun Nicolas, aussi ne savais-je pas à quoi cela pouvait ressembler, quoi qu'il en soit, pas à moi puisque je me prénommais Thomas. « Nicolas », ça sentait la toundra, les bontés de la Berezina, la révolution d'Octobre, l'exotisme, et moi j'étais neutre, du canton de Genève. Il y avait là une sacrée marge. C'était samedi matin et j'avais tout mon temps.

J'avais tout mon temps… Dans le froid et l'humidité, c'est très vite une image, une formule toute faite, une amabilité incongrue. Je m'impatientais et je frissonnais. En plus de deux heures sur le trottoir, j'avais fumé trois Toscani, lu et relu tout le paquet et mémorisé le code-barres, à présent surinformé des risques graves qu'encourait ma santé. Les passants, je les avais regardés passer, aucun d'eux ne s'était méfié, je n'étais pas une énigme, juste un type qui se gelait, planté dans une rue, et qui empestait avec ses cigares ; j'avais deviné la race des chiens qui traînaient leurs maîtres et apostrophé ceux-là quand ils ne ramassaient pas leurs déjections ; je leur demandais où ils habitaient pour aller déféquer sur leurs planchers, ça les mettait mal à l'aise, j'aimais bien ; je me suis fait traiter d'intégriste par l'un et de con par un autre, j'aimais moins c'est certain ; j'avais compté les arbres et les fenêtres sur les façades, au bout de trois fois j'arrivais toujours au même nombre, c'était décevant rien ne bougeait ; je n'avais pas vu de chat mais quelques oiseaux gris, des poids plume, qui époussetaient les branches nues : comme je m'ennuyais, j'ai même failli partir et renoncer.

Evidemment je n'ai pas renoncé et elle s'est détachée dans les limites du porche. Je ne suis pas un garçon vraiment malin… Lorsqu'une difficulté apparaît, je me mets à penser, en prenant toutes les précautions pour ne point m'éreinter… J'ai une méthode infaillible. Je me demande ce qu'un jeune homme plus intelligent que moi aurait fait à ma place, et je fais comme lui, je le singe sans vergogne, j'emprunte sa nature et je m'efface… Là, je me suis dit que cet autre, astucieux, allait se glisser dans son sillage. Je n'avais plus qu'à la suivre. Il fallait traquer le détail et réduire le hasard : je devenais pisteur… Vue de dos, elle ne ressemblait à rien, c'est-à-dire à n'importe quelle vieille dame âgée… C'était davantage une sensation qu'une pensée cohérente. Je n'avais jamais encore suivi quelqu'un, je ne savais pas par quel bout m'y prendre, je piétinais, elle avançait. J'optai pour une simple filature dans l'axe, moi derrière elle, pour aller à l'essentiel et ne pas en revenir. Nous avons beaucoup marché, donc progressé, je n'esquivais aucun détour. Elle fit une halte prolongée sur un banc, dans un parc qui m'était inconnu, où il y avait des chiens en liberté, des enfants en liberté, et des adultes compétents pour surveiller toute cette débauche de liberté. J'ai choisi un banc vert pas trop éloigné du sien et j'ai laissé la porte ouverte aux occasions. Elles ne se sont pas manifestées, j'ai dû leur forcer la main et tordre des poignets. Ce fut cruel, elle en est morte, mais je n'ai pas à le regretter.

Trop de bonnes lectures peut entraîner la mort… Vous lisez un livre, et là, entre les mots, tapi derrière une phrase, se dresse le fossoyeur. Je crois que je l'ai aidée à en finir mais le véritable artisan, et seul comptable de son suicide, se nomme Henry de Montherlant. Il y a parfois d'admirables auteurs qui nuisent aux santés précaires, on aimerait fort s'en préserver, on ne sait pas y résister… Un passage anodin peut retourner un destin, sceller un avenir et précipiter votre fin… C'est ainsi que Montherlant l'a tuée. Elle me l'a écrit avant de se passer la corde autour du cou. Elle se sentait alors légère, délestée, en deux mots : plus aérienne.

On ne surveille pas assez ses arrières, c'est pourtant ce que je faisais. J'étais une nouvelle fois sur ses talons. Nous défilions dans la rue sans aucune connivence, elle ignorait que je ne l'ignorais pas. Dans le parc, elle ne m'avait pas remarqué. Je n'existais pas. J'étais transparent. Nous l'étions tous, les chiens, les enfants et les adultes compétents.

J'avais essayé des choses, épuisé des méthodes et fatigué bien des bancs, même le sien, j'y avais fumé mon ultime Toscani. Elle ne fut pas gênée par son odeur âcre. Elle était pâle et souriait imperceptiblement, les yeux fixés sur un arbre qui ne bougeait pas. J'acceptais l'âge adulte, je fis l'élégant et lui demandai si la fumée l'incommodait. Les mots ont désobéi à mon espoir; il a flambé il s'est éteint. Elle n'a rien dit, n'a pas cillé, et puis, comme si l'espace du parc lui était trop vaste ou l'agitation trop trépidante ou l'arbre trop rétif, elle s'est levée et m'a aimanté à sa suite. J'ai abandonné la filature au numéro quatorze, lorsque je l'ai vue disparaître au dix de la rue Girardon. L'idée m'a aussi effleuré qu'elle soit un peu « toquée ».

Le train-train avec la moto a repris. Le matin elle n'apparaissait pas à sa fenêtre, le soir, elle l'ouvrait et déversait ses attentes. Dans la rue Girardon, il n'y avait que des flâneurs, des voisins, des intrus ou des égarés, des crottes de chiens, des urines d'hommes dans les coins, pas un seul commerçant, le ravitaillement c'était plus loin, vers la rue Lepic, les Abbesses. Parfois des flâneurs, des voisins, des intrus ou des égarés assistaient à la scène, ils levaient les yeux à l'étage et ils me regardaient ensuite attacher ma moto. Je m'appliquais sur le cadenas, voulant être ailleurs, j'étais embarrassé. Elle ne cessait d'appeler. Je vidais mes sacoches, contrôlais l'état des pneus, les clignotants. Je me sentais observé, jugé. Un soir, un jeune couple de mon âge, plus beau que moi à eux deux, a rigolé en disant : « A table mon garçon ! Maman appelle ! » J'ai répondu que je n'avais pas faim, j'aurais pu répondre tout autre chose, l'inspiration me manquait. Le vent les a chassés, il a vidé la rue, je faisais le compte de mes impuissances. Je redevins piéton.

Piéton de proximité plus exactement. Tout Paris, casqué sur la motocyclette, les cinq cents derniers mètres jusqu'à chez moi à pied et la tête nue. J'usurpais ma condition mais c'était enfin l'indifférence qui m'accueillait à la nuit tombée, et lorsque je sondais les altitudes de ma rue ce n'était plus que pour admirer les étoiles arrêtées sur le bord des toits. La fenêtre était scellée, je n'entendais plus de voix et on ne me prenait plus pour un Nicolas ; la ville dormait d'un œil, ses humeurs étaient imprévisibles et moi j'étais de meilleure disposition. Durant la journée j'apprenais à bien fonctionner. Il existait entre l'administration fédérale helvétique et la France un programme d'échange d'étudiants pour une période d'un an. J'avais donc été échangé, en plein jour, pas en catimini. Je ne savais pas contre qui, certainement un profil identique. J'étudiais l'art du geste étudié, de la parole prudente, de la réserve et de la distance. De la frilosité aussi, tant la science de la couverture était omniprésente, un bon fonctionnaire se doit d'être frileux et constamment couvert par un supérieur. Ce n'était pas formulé ainsi, de manière flagrante, mais nous pressentions l'épine dorsale du système. Nous avions certes l'amour de la fonction publique et celle des administrés, nous aimions avant tout la prudence et la responsabilité diluée. L'audace papillonnait sur de hautes cimes et j'étais sujet au vertige, cette carrière était mienne.

La monotonie me dévorait. Les Français disaient « La préfectorale ». J'en étais là, à m'instruire des subtilités entre les départements, les régions et l'Etat. L'option allait me permettre de voyager et de découvrir les terroirs, d'affiner mon palais et mes goûts. Pour l'heure, tout était encore théorique, je parcourais les cartes et je mémorisais les préfectures à visiter. Il était prévu que j'en fréquente trois en une année. Lorsque j'eus confirmation de mes destinations, j'achetai les guides gastronomiques et des livres de cuisine pour y déceler les spécialités. La France, à travers ses tables et ses alcools, avait été la raison première des étudiants étrangers briguant le stage à Paris, vanté sous l'intitulé : « Connaissance des institutions françaises ». Personne dans notre groupe n'avançait d'autres motifs, les arcanes administratifs étaient trop étroits pour des esprits si originaux. Les délices augurées valaient bien quelques sacrifices, comme la rédaction fastidieuse du rapport de fin d'études, certains prétendaient alors sauter sur l'occasion pour améliorer le *Michelin*. La France, à son corps défendant, formait des générations de gastronomes et d'agents de voyages… Il existait pire destin.

Le mien fut par deux fois chamboulé par la rue Girardon. A quinze ans, par un écrivain qui psalmodiait des mots qui s'emboîtaient en phrases et en chapitres, je le lisais, cloué dans mon lit à l'hôpital de Genève, pendant de longs mois ; à vingt-cinq ans, par une vieille femme désignée « toquée » par des cœurs froids. L'écrivain affichait un prénom de jeune fille, la vieille femme accusait celui d'un homme, son père, qui fut d'un autre siècle. Il l'avait baptisée, avec le plein assentiment de son épouse : Marguerite. Elle aussi fit des phrases et des ponctuations lorsqu'elle fut en âge de travailler, aux Postes et Télégraphes, elle notait les télégrammes des gens pressés ; courriers adressés à la vitesse du téléphone, maîtrise du concentré et censure du style, une aubaine pour les timides, une telle épreuve pour les bavards… Des mots. Des points. Des virgules. Des stops. Allons à la ligne.

La fonction publique, ce n'est pas l'aventure, c'est une commodité, la sûreté des économes… Je n'étais pas un candidat spontané, mais lié par l'hérédité. Dans ma famille nous étions fonctionnaires comme d'autres vont à la pêche, pour tuer le temps. Chez nous, on disait « Serviteur de l'Etat ». La servitude était une vertu érigée en culte et la nation un temple nourricier ; s'inféoder était un honneur, une manière de croire en quelque chose tout en se déclarant indispensable. Mon père était aux Finances, ma mère aux Affaires étrangères. A la maison c'était l'inverse, elle gérait le patrimoine, il courtisait nos étranges voisines, des exilées fortunées, il prétendait parfaire ses compétences en géographie. Ma mère le soupçonnait de confondre les reliefs avec l'anatomie, l'azur d'un ciel limpide et des yeux clairs. Pour se défendre, il étalait ses lectures et lui citait Goethe : « *Pourquoi faut-il aimer rarement pour aimer vraiment ?* » Mon père était distrait, une rondeur l'égarait. L'Amour n'était pas qu'un fleuve frontière pour lui et ses affluents convergeaient dans ses veines, il en débordait toujours, n'en était pas avare. Sa femme n'était pas bien jalouse, elle n'aimait pas la randonnée, alors il s'évertuait à suivre fidèlement les balises qu'elle posait pour ne pas nous oublier en chemin. « Les hommes courent, et les femmes les rattrapent… » Ma mère se préservait ainsi derrière un humour moqueur. Lorsque j'étais petit enfant, j'étais très lié à une maîtresse de maternelle, elle s'appelait Suzanne, et lorsque je dus changer d'école, j'en fus inconsolable… Ma mère atténua vite mon chagrin en m'expliquant la chance qui était la mienne d'intégrer un établissement prestigieux, Rousseau y aurait même été répétiteur ; elle insista sur le fait que j'y trouverais de nouveaux camarades et que j'aurais « une nouvelle maîtresse chaque année. Comme ton père d'ailleurs… » Plus tard, je compris l'asservissement de mon géniteur à la gent féminine, bien que je ne sache toujours pas s'il joue bien aux dames... Mais la véritable spécialité de mon père, c'était la recherche. Celle de ses lunettes, de ses clefs, de son étui à cigares, il lui arrivait aussi parfois de perdre l'appétit ou de perdre son temps, neuf mois sur douze, loin de moi, dans des pays étrangers, à jongler avec les chiffres de leur économie calamiteuse, je recevais ses lettres avec des timbres étonnants. Mais nous étions heureux, les nombreuses pièces étaient spacieuses et les cheminées ronronnaient en avalant leurs bûches, le lac Léman s'étalait à nos pieds, l'hiver le chien avait des rhumatismes. Rien ne nous faisait défaut, seul l'imprévu. Pour nous en prémunir, nous avons tous choisi l'administration. Nous n'étions pas très doués pour attirer l'impromptu. Ou nous évitait-il pour ne point gripper cette belle horlogerie ancestrale ? Ce qu'il faut de malheurs pour payer une quiétude... L'insolence n'est plus récompensée, disait mon père, invariablement en quête d'aventures. Loin de nous.

L'aventure m'attendait au coin de la rue. Pour être plus précis, au numéro dix, ce qui n'était pas le coin mais le début de la rue Girardon, elle était en courbe et à sens unique, mais pas pour les piétons. Je ne voulais pas m'y dérober, j'allais la tenter, me dépenser sans compter, être à découvert et nourrir ainsi le désespoir de mes parents. Un intrigant, un hasardeux couvé en son sein, toute la filiation anéantie, l'allégeance reniée… Le choc allait les méduser. Les belles étrangères ne seraient plus aussi exotiques l'espace de quelques jours, le patrimoine serait mis sous scellés, le carré se formerait, seul le chien serait sans opinion… Pour aller au plus court, j'ai brûlé les étapes, j'ai repris la moto jusqu'en bas de chez moi. Dès que je coupai le contact, alors que j'étais encore sur la selle, ce qui était supposé arriver arriva. La vieille dame avait de l'oreille et de la suite dans les idées. Elle ouvrit sa fenêtre, je me fis appeler « Nicolas ». Ce n'était toujours pas moi mais j'étais charmé qu'elle ne s'en souvienne pas. Je me débauchai, repoussai mes couardises et me décidai à aller voir la concierge du numéro dix pour lui soutirer des informations sur cette exubérante voisine. Ce qui pour un Genevois est assez inconvenant.

La concierge n'était pas dans l'escalier mais dans sa loge. C'est généralement là, devant un poste de télévision, qu'on trouve une concierge après vingt heures. Et elle regardait, comme il se doit, une chaîne de concierge ; une émission pour ruminants abrutis, interprétée par des bœufs : « La ferme ». J'avais appris une expression depuis mon établissement à Paris : « la France d'en bas ». Certains de mes collègues la trouvaient condescendante, d'autres trop timorée, quant à moi, je croyais qu'elle visait la ville de Marseille et son beuglement expansif pour le tabassage de ballons. Je sus très vite qu'elle désignait sans vouloir la nommer l'audience de la Télévision Française 1 et sa surenchère permanente de la médiocrité... La dame était hypnotisée par cette débilité en couleurs, qui ma foi lui allait bien au teint. Elle prit pourtant le temps de m'accueillir avec un large sourire.

Qui se changea en moulin à paroles. Elle fut parfaite, intarissable. A ma première question, elle se fit conspiratrice, et me poussa dans son temple. « Venez, c'est une longue histoire. » C'était véritablement un temple : dédié aux napperons, aux nappes, aux coussins et aux repose-tête. Elle devait appartenir à une phalange de stakhanovistes du crochet, ambassadrice de la Principauté des tricots et dentelles. Tout était festonné, même le vase sur la télévision était ceint de guipures grossières. Elle s'attendait à un commentaire devant une telle féerie, je flattai sa grande patience, son attachement à la tradition, son sens de la nuance et son énergie créatrice. Mais je tus bien des choses. Elle ne fut pas naïve, me suspecta d'enjoliver, ou de manquer de sincérité. Je le compris et nous passâmes de concert à l'occupante des étages supérieurs. J'eus droit à tout, le tangible et le fantasque, un tiers deux tiers, la biographie et la fable, le dessous des détails et des meubles, une ébauche d'esclandre avec sa dignité, et pour conclure une belle hémorragie de prédictions. Une documentaliste, une experte, avec ses courants d'air. Une mouche décollait de la table, la survolait, se posait et redécollait. Elle prit un livre pour l'écraser. L'insecte succomba. « On me l'a offert... » précisa-t-elle. « C'est pratique pour les mouches. » Je sus ainsi à quoi servait Philippe Labro. Nous avions passé une heure ensemble, elle disposait d'une enflure vivifiante et d'un usage récréatif « des écrits vains », je pris congé d'elle sans regret, avec quelques amabilités : j'étais informé. La dame perchée à sa fenêtre, la forcenée du « Nicolas, c'est toi ? » fut mère un temps. Son fils unique avait été victime d'un grave accident de moto. Il perdit la vie, elle perdit la tête.

J'étais moi-même de plus en plus tête en l'air... Je lorgnais son apparition le soir lorsque je me garais. Je violentais le moteur par à-coups, je dérangeais le voisinage, sans parvenir à l'effrayer. Je n'avais pas le profil « éponge à bières » des Hell's Angels, on ne me prenait pas au sérieux. Sans que je m'y attende, ma décision s'est imposée. J'étais assis, tranquille, devant le bulletin télévisé d'informations. D'heure en heure, le monde changeait, je le voyais sur l'écran. Les drames s'alignaient comme pour nous prouver que nous étions bien vivants, à nous pâmer d'optimisme. J'avais deux possibilités, échanger ma moto contre une autre ou me présenter à la tête en l'air et la faire atterrir, lui indiquer que son étourderie me chagrinait, dans l'élan, lui garantir mon ascendance.

J'étais bien un fils, mais pas le sien, et puis je n'envisageais pas pour l'instant de défigurer mon deux-roues en banal ascenseur entre cieux et sous-sols, je ne sentais aucune hâte en moi, mourir à vingt ans paraissait imbécile, et succomber masqué sous un casque me semblait lâche, et, comme signalé précédemment : j'étais soumis au vertige, donc ancré aux lois de l'apesanteur.

Je renonçai à l'ascenseur et pris l'escalier. La réflexion fut d'autant plus longue que la montée fut lente. Je m'étais exercé aux manœuvres d'approche et avais révisé tous mes classiques d'abordage, j'allais exprimer ma compassion à cette femme au cœur fou et lui démontrer son erreur de jugement. J'étais reconnu à tort et fort déprécié. Marche après marche, mon assurance s'émoussait, j'allais m'adapter, c'était plus judicieux, peut-être un peu plus sincère. Sans surprise, le quatrième étage promettait le cinquième. La concierge avait réellement des doigts de fée, le bois de la rampe étincelait tant il était lustré. « La porte de droite », m'avait-elle dit. Ce fut facile à trouver, elle était en face de la porte de gauche, entre ces deux-là, un mur blanc, c'était infaillible. Il était trop tard pour rétrograder, il me fallait redistribuer le passé.

C'était insolite, mais j'avais le sentiment que la sonnette me jaugeait… Je devais avoir l'air benêt, le doigt pointé vers elle, en suspension, prêt à l'enfoncer, sans y consentir vraiment. Je réalisais une vraie première : je m'immisçais dans la vie d'autrui. Le mot est un peu exagéré. J'avais plutôt une prétention de voyeur, partagé entre l'excitation de l'inconnu et la peur de lui griffer la cicatrice. Je me demandais si j'éprouvais de la pitié ou de la compassion pour la vieille femme ; la différence était ténue, mais il me semblait qu'elle existait…

Cela s'est passé ainsi. J'ai sonné. J'ai patienté en regardant le bois verni. Elle a ouvert sa porte. Avant même que je ne parle, elle m'a pris par la main, m'a extrait du palier, et j'ai entendu, entendu, nous fûmes deux, je le maintiens : « Nicolas, je t'attendais, entre… » Elle était tout ensoleillée. J'ai fondu.

Je me vis proposer du thé, elle fut surprise de m'entendre lui préférer du café. Il était fort léger. Elle s'excusa gauchement, me dit qu'elle n'avait pas l'habitude d'en faire puisque je buvais toujours du thé, elle fut même étonnée d'avoir trouvé un paquet d'arabica dans son placard. « En dehors de toi, je ne vois plus personne. » En me versant une seconde tasse elle versa également du silence et me regarda si émerveillée que je n'osai l'interrompre. Elle a deux fines rides sur le front, c'est transparent comme du cristal. J'attends sa voix qui pourrait me guider. Il y a tant de plantes vertes autour de moi que j'ai l'impression qu'elles se tuent entre elles. Il paraît qu'en se regardant on se sent moins seul, alors je m'observe du coin de l'œil dans le grand miroir du mur. Il est plein de curiosités, j'y recense le ciel qui se penche au-dehors pour fermer la rue, bientôt il fera nuit; j'y consigne aussi le tableau dans son cadre massif, une nature morte de bonne facture. Le coup d'œil se divise, il passe d'un bord à l'autre, fait des bonds, des retours sur le tard vers le couloir dans mon dos; l'encadrement de la glace ceinture le vaste salon, c'est pratique, sans bouger je m'y promène. Je papillonne des fauteuils au sommet de la bibliothèque, je fais le funambule sur les moulures du plafond et du trapèze sur le lustre. Le temps est passé par là, les meubles sont anciens et sentent la cire fraîche. Je tente de deviner les collections sur les étagères. Il y a des couvertures blanches ou crème, quelques jaunes, et d'autres, certainement plus secondaires, des histoires monnayées. Un rideau soupire, un filet d'air doit s'infiltrer sous la fenêtre. Je ne suis pas seul dans le miroir, entre les meubles et la verdure, sur sa chaise, elle est là également. Il me semble que plus elle me dévisage et plus ses yeux regagnent de la lumière. Ma tasse est vide et le salon n'a plus de secrets. Je me lève, j'ai épuisé toutes mes feintes. Je suis un peu déconcerté, je souscris à la circonstance, je ne la fais pas. La porte s'est refermée. Avant de l'ouvrir elle m'a demandé si je reviendrais, je l'ai remerciée pour l'excellent pot de café et j'ai dit oui de la tête… Il y avait eu connivence et un moment fort agréable partagé : nous nous étions menti.

Je devenais un jeune fonctionnaire exemplaire et appliqué : pour être aimable à mon directeur de stage, je lui laissais m'apprendre ce que je savais déjà. Il était sous-préfet sans affectation et avait pour esprit tout ce qu'il entendait dire. Ce qu'il énonçait et faisait ne lui appartenait pas, on sentait toujours qu'il suivait un conseil, une instruction, l'éloquence d'un autre, plus intelligent. Il aimait trop ses supérieurs pour avoir ses propres idées. Il était du genre à se courber devant une ligne droite : un ténor de la contorsion. Il affirmait être « à la disposition des événements », secrètement mes collègues et moi formions des prières pour que rien ne survienne jamais, ou alors le lendemain exact de son départ à la retraite. Il s'appelait Didier François, il était un spécialiste des convictions successives et des flagorneries nécessaires, et ses notes de service étaient fameuses, des perles inénarrables, de l'ardeur et du vent dans un style alambiqué très représentatif de celui qui n'avait pas grand-chose à dire mais qui entendait, coûte que coûte, que cela se sache et se propage. Il répétait à satiété « que la parole fut donnée à l'homme pour cacher sa pensée », que seule primait la sympathie du public pour ses administrateurs, et qu'il fallait constamment dissocier le devoir du sentiment. Afin de ne pas le heurter ou le blesser, nous suivions à la lettre sa maxime, nous le contrecarrions par des allusions commodes, petites prudences de la franchise et hypocrisie de la syntaxe. Impérieux dans sa charge de maître de formation, (il lui avait été donné d'éclairer sans éblouir…), il ne pouvait envisager la vie et les choses que si elles étaient codifiées, régentées ou mises en équation. Pour lui, depuis Archimède les bateaux flottaient, l'industrie alimentaire pour chats était arriérée puisqu'elle ne produisait toujours pas de boîtes de pâtée au goût de souris, et pour les prises de tête, il y avait des Photomaton aux quatre coins de la ville. C'était simple et cela avait la puissance de ne souffrir aucune critique… Parfois, Didier François s'avisait de cogiter et nous le faisait savoir. Il disait avec orgueil : « Personnellement, je pense », ce qui sous-entendait que la plupart du temps il pensait en bande organisée… Il s'essayait à l'esprit, mais quand il se voulait profond, il sonnait creux ; homme sans idées, il égrenait des amorces. Sa seule matière à réflexion se présentait à lui au matin, lorsqu'il se rasait : son miroir… Il portait le désir de ses fiers dépassements, mais lorsque la tempérance le trahissait la moquerie était proche. Avec lui nous sortions de l'ordinaire pour nous glisser dans l'extraordinaire. Au fond, François ne relevait de personne, il n'appartenait qu'à lui-même et en cela il nous était rafraîchissant. Chacun avait hâte de le retrouver les mardis et les mercredis pour ses séminaires ; avec sa logorrhée saisissante, il banalisait l'exploit du vide qui déborde. Nous l'aimions tous, comme on aime sa police d'assurance, même si nous nous interrogions sur le génie de cette administration qui nous accueillait : ne recherchait-elle pas à nous en détourner, quand elle lui attribua une vacance assortie à un poste de pédagogue ? Peut-être était-ce comme à l'armée, où pour se débarrasser d'un colonel on le propulsait général ? Je le regarde, je l'écoute, mais je suis absent… J'ai une pochette sous le nez, on dit un dossier, je devrais m'y faire, et une trentaine de « comme moi » qui m'entourent. Il y a là des Belges, des Bataves, des Italiens soignés, un Espagnol isolé, et quelques compatriotes. François est seul sur son estrade et nous lui faisons front, en arc de cercle : au premier rang l'Espagne esseulée, puis l'Italie manucurée, viennent ensuite les Belges bilingues qui précèdent les Bataves, nous les Helvètes sommes perchés en haut de l'amphithéâtre, bien en altitude, comme chez nous. En contrebas, j'observe déjà de la précocité dans les crânes dégarnis, les Bataves mènent trois à un contre l'Italie gominée, les embruns de la mer du Nord certainement. François s'escrime pour m'intéresser à sa discipline, mais le duel est vain, je demeure intouchable car je me dérobe à son enseignement. Je suis ailleurs : ce matin je pense à hier soir.

Hier soir, son cœur avait porté plus loin que son regard. Et je ne pus surseoir à mon abandon. L'image est difficile à admettre, c'était comme si elle se noyait, mais à l'envers, et j'étais là, pour qu'elle se raccroche à moi. Je me suis fait planche de salut et je l'ai laissée nous remorquer jusqu'au salon. Après, j'étais essoufflé et je me suis tu. Elle fit du café. Pour meubler, nous prîmes des airs affairés. Je contemplais les lieux, elle ajustait la vaisselle, le sucrier et les petites cuillères sur un plateau carré. L'impuissance s'étirait. Je ne savais pas m'en aller. J'étais très embarrassé. Lorsqu'elle fut à nouveau près de moi, je pris une contenance, favorisée par la boisson. Je la sirotais et je cherchais des mots, du génie pour sortir de ce silence de faux, elle ne m'aidait pas beaucoup, elle se contentait de me fixer en souriant. Je me sentais devenir Sèvres ou toute autre rareté d'intérieur. J'avais cette intuition qu'il était inutile de me raconter, qu'elle faisait un barrage de son regard, que toute explication, que toute rationalité, se fracasseraient sur celui-ci. Jamais je n'avais vu autant d'amour sur une aussi petite surface.

Alors j'ai surfé. Sur mes contradictions. Plus précisément sur les absurdités qui s'offraient à moi. Je pouvais la forcer à recouvrer la vue, la combattre, l'anéantir et partir, laissant derrière moi juste un reste en souffrance, ou jouer le jeu et voir venir. Je ne disposais d'aucune de ces certitudes qui sont le luxe des spectateurs. Je n'avais même pas vraiment envie de boire du café. Je sociabilisais entre deux solutions à prendre. Elle avait des façons, et des accessoires, le jus était dans un pot à bec, la tasse assortie à sa sous-tasse, et le sucre dans un sucrier en verre biseauté, tout cela sentait bon la liste de mariage. Le plateau et la petite cuillère étaient en argent, elle négligea l'incontournable pince à sucre, une erreur due à la commotion. J'étais honoré comme un roi, il ne me manquait que le piédestal. Le temps qui s'écoulait me ménageait de l'humeur quand il lui eût été préférable qu'il m'administre quelque sagesse... En vérité j'étais très intimidé, mais je respirais normalement et j'étais à l'écoute des battements de mon cœur. Je n'osais pas la regarder en face, je le fis de travers, dans le miroir, par ricochets, je me sentais un peu vandale, un peu voyeur, un rien escroc ; peu accoutumé de la chose, ça ne portait pas à conséquence. Elle ne buvait pas, elle ne causait pas, ne bougeait plus, elle me communiquait son plaisir ingénu à me couver des yeux. Je m'interrogeais : était-elle « toquée » ou, par un éclairage particulier, adapté à sa manie et connu d'elle seule, parvenait-elle à ignorer ce qu'elle ne voulait pas connaître, à voir ce qui lui convenait, sans nulle mise au point de la raison ? A force de me répéter : « Qu'est-ce que je fais ici ? », j'entrevoyais l'instant où prendre congé. J'avais assez de caféine dans le sang pour me tenir éveillé toute la nuit. Je m'écartais de son champ de vision. Elle m'escorta de cette démarche résignée qu'ont ceux qui ont trop tourné en rond et ferma la porte sur l'assurance que je reviendrais. Là où elle était, il n'y avait décidément plus la place pour les mots que je laisserais... Sous le porche, entre deux servitudes, la concierge me guettait. « Comment l'avez-vous trouvée ? – En montant les cinq étages... »

Je pris l'ascenseur pour regagner mon appartement. J'ai appelé Genève à frais virés. Une convenance sur les longues distances entre ma famille et moi. « La parole a un coût, il faut savoir la monnayer », proclamait mon père. Etait-ce pour cela, qu'enfant, il ne me parla que rarement et m'écrivit beaucoup ? Ma mère pensait le contraire, pour elle la parole ne valait plus grand-chose, c'est pour cela qu'on la donnait sans cesse. Je n'avais pas d'opinion, mais un budget à épargner, et j'étais légèrement bègue, mes factures l'attestaient. Nous avons échangé nos bilans de santé, ceux des uns, ceux des autres, du chien et du lac, survolé la préfectorale et les attractions de Paris ; nous avons butiné ainsi un certain temps. Nous nous manquions, c'était flagrant... Ma mère avait beaucoup d'intuition, à peine avait-elle été enceinte qu'elle avait déclaré à mon père, sans l'aide de l'échographie et avec un à-propos de propriétaire assuré de son terme : « C'est un garçon, prépare-toi à partager tes cigares dans vingt ans. » A peine étais-je expulsé du ventre de ma mère, qu'ils se disaient être très fiers, quoiqu'il n'y a rien d'insolite à faire un enfant, un peu plus tard ils ont su que je n'étais pas normal, c'est-à-dire pas ordinaire. J'étais plutôt atypique. Il me manquait une pièce, un détail dans l'ensemble. Je pesais un peu plus de trois kilos mais je n'avais qu'un seul rein. A peine né et déjà exceptionnel. Ils furent enchantés, je devins une exception remarquable et suivie... Ma mère pressentait que je ne téléphonais pas uniquement pour « une estimation détaillée de nos espérances de vie », ce fut son expression. Elle avait le sens de l'événement. Je lui ai tout débité, de l'achat de la moto jusqu'à mes deux tasses de café bues devant une quasi-muette qui me mangeait des yeux. Une fois de plus, elle a été d'une fulgurante rationalité : « Comme tu ne peux pas être le fils de deux mères à la fois, il y a un problème. » Nous avions ce point commun de vite identifier les extravagances.

Elle parla longtemps avec parfois quelques notes plus graves dans la voix. Elle poussa des portes auxquelles je n'avais pas accès, il soufflait derrière des vents que je ne soupçonnais pas. J'étais quelque peu ébranlé. Elle ne voulut pas m'effrayer ni même me décourager, elle me mit tendrement sur la piste de ce qui deviendrait un jour, pour moi, un « agréable tourment »... En cherchant ses mots comme on cherche une couleur ou une fragrance, elle m'a dit que chacun de mes jours comptait double pour elle et qu'il en serait ainsi jusqu'à son ultime souffle. C'était une sorte de préalable, sa façon de m'avertir qu'elle serait très en deçà de ce qu'elle voulait m'annoncer. Elle me confiait que la venue au monde d'un enfant exposait ses parents à un état de menace permanent, un danger immédiat de tous les instants ; qu'elle leur apprenait aussi à remiser certaines de leurs dispositions, l'insouciance ou l'égoïsme, mais qu'ils s'y pliaient toujours de bonne grâce même s'ils cultivaient de temps à autre une saine nostalgie, que ces innocences perdues étaient remplacées par des émotions, des adorations encore plus belles... Elle laissa filer quelques secondes que je ne gâtai pas, et m'avoua qu'elle avait enfin su à ma naissance ce qu'aimer voulait dire... J'avais presque abandonné ma question initiale lorsqu'elle se décida à y répondre. Elle louvoya encore un peu pour me préciser que son long cheminement sur les à-côtés devait m'ouvrir l'espace d'un secret ou d'une déroute que je ne pouvais appréhender, n'étant pas encore père. Une chose me surprit alors, je perçus une sorte de colère dans sa voix, une colère d'impuissance que seul le sentiment de la plus parfaite, de la plus ignominieuse injustice est capable d'animer. « Si on peut perdre la tête en perdant son unique enfant ? Ma réponse est oui... Un oui monstrueux, excessif, et infini. J'imagine que l'on ne s'en remet jamais... On peut y survivre, mais ce n'est pas vraiment de la survie, plutôt une agonie barbare... J'imagine aussi qu'on voudrait mourir, mais une force encore plus épouvantable que la mort doit vous retenir... Cette force, c'est le souvenir... On doit se demander qui sera encore là pour se souvenir de cet enfant si l'on choisit de partir à son tour ?... On traverse le présent comme un revenant car on est toujours courbé sur le passé. Le souvenir, voilà ce qui prolonge peut-être ce semblant de vie, celle du mort et celle de celui qui reste. Entretenir le souvenir, ça empêche de couler… » Le combiné du téléphone plaqué contre mon oreille, je me figurais ma mère, elle devait avoir de la bruine dans les yeux. Elle ne m'a pas prodigué de conseil, elle m'a simplement dit : « Fais tout ce qui est vrai… » Et puis elle a ajouté, énigmatique : « A toi de savoir ce qui est pire pour toi : la douleur, ou la peur de la douleur. »

Il n'y avait plus de lumière chez ma petite vieille. Elle devait dormir. J'étais sur le trottoir d'en face, je fumais un demi-Toscani. Ma conversation avec ma Genevoise de mère m'avait donné l'envie de sortir au frais. Je méditais sur sa métaphore de la douleur. Elle était ainsi, sans cesse à botter en touche… C'était sa façon de ne pas me rogner les ailes, de me laisser le choix. J'avais une douzaine d'années, je faisais du vélo sur le quai Wilson face au Léman avec des amis de mon quartier. La plupart d'entre eux portaient un casque léger pour se protéger en cas de chute. J'interrogeai ma mère sur la nécessité d'en posséder un. Elle m'enseigna son utilité, me rappela quelques-unes des règles de sécurité à bicyclette et conclut en riant : « A force d'être maniaque de la prudence on finira tous par prendre sa douche sous un parapluie ! » Mon père fut plus docte, pour une fois il était à la maison, il me prit par l'épaule et entre deux bouffées de havane me dit : « Que sauras-tu de la souffrance si tu ne tombes jamais ?... » Ma mère et mon père... Ils me firent très jeune renoncer aux orientations de la prévoyance excessive, ce qui était paradoxal chez un couple de fonctionnaires. Je pris donc des douches nu et sans protection, je fis même du parachutisme et de la chute libre à l'âge de seize ans (un compte à régler avec ma naissance, un an auparavant, à la dernière minute, j'avais raté un rendez-vous avec la mort, je voulais admirer ce que j'avais manqué : la terre vue du ciel) ; mais surtout je me demandais ce qu'on pouvait bien attendre de la vie si on la calculait sans cesse, sans jamais vouloir l'expérimenter.

Je me suis réfugié dans un bar et j'ai commandé une eau pétillante. Mes voisins de table discutaient de football. Depuis la Coupe du monde de 1998, il était difficile d'échapper à l'extase des Français. C'était fort compréhensible : pour la première fois depuis longtemps, ils avaient gagné quelque chose sans l'aide de l'étranger, c'était nouveau et ils en étaient émus pour un siècle. Je ne connaissais pas grand-chose à ce sport, je n'avais jamais assisté à une partie, je me souvenais tout au plus d'une lecture, un auteur que Céline qualifiait d'« agité du bocal » ; cet homme affirmait qu'au football tout était compliqué, par la simple présence de l'équipe adverse. Ce fut, selon moi, sa seule fulgurance...

Comment devient-on un génie avec ses pieds ? Ils évoquaient un joueur, Zinedine Zidane. Les bulles gazeuses me tournaient-elles la tête ? Je me sentais guilleret et très en verve, un expert du ballon rond, je me suis invité dans leur conversation. « C'est parce qu'il était toujours dernier à l'école... » Ils avaient l'air sceptiques, j'ai développé. « De la crèche, jusqu'à la fin de sa scolarité, il a sans cesse été le dernier à être nommé lors de l'appel, forcément ça laisse des traces. Une kyrielle devant, et lui derrière. Forcément, ça affecte. Même à la maternelle son prénom le desservait. A la queue, relégué en fin de liste, et ce, depuis que Zorro avait arrêté l'école. Aujourd'hui, il inverse l'alphabet, une revanche... » Ils m'ont regardé avec beaucoup de condescendance. L'un d'entre eux, mieux élevé, a déclaré : « C'est une piste. » Et ils sont partis.

Pour me prémunir d'une nuit blanche à réfléchir, j'ai avalé un somnifère. Penser m'interdisait de dormir. Il me fallait être en forme le lendemain pour assister au cours de François et m'amollir à ses adhésions de commandes. Notre présence était obligatoire, c'était le seul argument de l'Administration pour nous atteler à subir son professorat. J'ai fermé les yeux et j'ai sombré, j'ai ouvert les yeux et je me suis levé. Près de sept heures étaient passées entre ces deux lenteurs dont je ne conserve aucune mémoire. Je suis allé dans la salle de bains et je me suis baigné, je suis allé dans la cuisine et j'ai mangé, j'ai fait du café et je l'ai bu. Immuable routine du matin. Sauf que là, j'ai eu le sentiment qu'un grain de sable perturbait ce bel agencement des habitudes. Un signe m'alarma, je ne branchai pas la radio pour écouter le bulletin d'informations, c'était pour moi très inaccoutumé. C'est le café chaud qui m'arracha de ma paresse, je fis le rapprochement avec celui avalé la veille. Non pas que je regrettais la mixture de cette voisine qui souffrait de la disparition de son fils aimé, une calamité aggravée d'une rare cécité volontaire et chronique, le tout amplifié par une affligeante confusion des genres et des visages. Ce fut indéfinissable et irrépressible. Son breuvage me déplaisait mais elle, elle me manquait déjà. Elle me manquait, comme… Il serait superflu ici de formuler une quinzaine de comparaisons.

En quittant Didier François, petit porteur des innombrables crédits de la science administrative, je suis allé au pas de charge acheter une cafetière. Une italienne comme il est de bon ton lorsqu'on s'apprête à offrir ledit ustensile. Je tendis de l'argent, j'obtins un joli paquet cadeau et un sourire. Chez un torréfacteur, je pris un kilo de pur arabica cubain. Un ersatz de mon éducation gustative et olfactive. Encore une bizarrerie de mon père, il abomine le régime de Fidel Castro mais subventionne sa révolution en lui achetant force boîtes de cigares et paquets de café. Ma mère est plus pragmatique, elle prêche : « Un tyran qui élabore d'aussi bons cigares et cultive un tel café ne peut pas être que malfaisant. » Là encore je n'avais pas de point de vue, uniquement de l'appétence pour les chefs-d'œuvre, je me contentais de savourer les modules du paternel en me régalant avec lui de son nectar. Du Bazar de l'Hôtel de Ville jusqu'à la butte Montmartre, ce n'est pas vraiment en ligne droite mais c'est très joli. Pour que ce soit encore plus beau, j'ai fait des détours. Des angles, des boucles, des courbes, des déviations et des écarts, même un crochet et deux culs-de-sac en m'embrouillant ; et puis la rue Girardon, son immeuble en pierre de taille, sa fenêtre ouverte au cinquième, ma petite dame. Elle m'attendait après m'avoir entendu. Elle ne m'appela pas, elle me souriait presque timidement en me faisant un signe de la main. J'ai ôté le casque et j'ai crié : « J'arrive ! »

En l'espace de vingt-quatre heures elle s'était métamorphosée. Je l'avais laissée vieille vieille, je la retrouvais jeune vieille. Elle était là, devant moi, maquillée et peignée, habillée comme pour aller au bal. Je décidai de l'amener au restaurant. Mais d'abord je me fis plaisir, une prévoyance pour le temps à venir, et lui offris la cafetière. Elle a souri, et même rougi un peu. « Il était si terrible que ça ? » Je l'ai rassurée : « Mais non, maintenant il sera encore meilleur… » Equipée à l'égal d'une professionnelle, elle m'en proposa un illico. J'ai remercié et refusé.

Je lui ai expliqué qu'il fallait préparer la cafetière, y faire plusieurs « faux cafés », c'est-à-dire uniquement de l'eau bouillante sous pression, un rodage en quelque sorte, pour « l'optimiser », dixit le manuel d'instruction. Elle était dépitée, une enfant qui ne peut pas profiter de son nouveau jouet. Elle lisait la notice, étudiait toutes les langues. Certaines lui parurent insolites. « La grande Europe », ai-je précisé. Je lui ai repris la fiche technique, ses géographies confuses, ses dialectes farfelus et nous sommes sortis… La table était déjà mise, deux serveurs poireautaient et un autre marinait tout seul, rien de plus normal, nous étions au restaurant. Plutôt un petit bistro, du genre mixte. Les buveurs accoudés regardaient les mangeurs. Les imprimeurs perdaient un marché : entrées, plats, desserts étaient étalés à la craie sur un grand tableau noir mural. Un exercice d'ophtalmologie. J'ai fait la lecture. La bande-annonce, belle distribution avec grandes vedettes et invités étonnants. L'aubergiste n'était pas italien mais bonapartiste, il proposait du veau marengo, à moins qu'il ne fût des antipodes, il y avait des rougets au kiwi. Le vin fut écarté, ni elle ni moi n'en désirions. Le garçon leva les yeux au ciel, alors avec lui j'ai cherché une petite fissure dans le plafond, il reprit vite la pose, obséquieux. « Il y a déjà assez d'alcool dans vos plats », a-t-il lâché en s'éclipsant vers la cuisine. C'est une bonne maison, une solide adresse de la rue Lepic. Les banquettes ont du ressort et les murs de la mémoire.

Autour de nous, des profils aperçus dans le quartier, demandeurs d'émois, de la reconnaissance au bord des yeux lorsque les assiettes se posent. Les nôtres arrivèrent. Nous nous sommes souhaité un bon appétit. Elle picorait avec application ses filets de barbue au vermouth, je me régalais de lapin au madère. Je crois qu'elle était très heureuse d'être là, toute à son dîner et au spectacle de la salle. Je l'étais également. La bouche pleine, nous ne parlions pas. Nous dégustions. Nous ronronnions presque. L'eau était pétillante et la serviette se tenait à carreau sur mes genoux. Vigilants ou transfuges, les garçons changeaient de camp sans arrêt, tantôt en cuisine, tantôt en salle, les mains toujours pleines. Elle a posé ses couverts dans son assiette, s'est essuyé les lèvres : « Tu te souviens ? Je me souviens moi, ce que tu m'avais chuchoté un jour qu'il pleuvait et que tu repartais sur ta moto… "Le simple fait que quelqu'un m'aime est suffisant pour que je fasse attention…" Voilà, c'est ce que tu chuchotais en me disant au revoir… » J'ai voulu lui répondre, lui expliquer, elle a fait doucement non de la tête, et elle a ajouté : « Je sais… Ce n'était pas de ta faute… »

Inviter à manger… Donner à manger… Elle ne manquait pourtant de rien. Elle était triste. Atrocement affectée… Elle était déboussolée, elle ne savait plus où étaient son nord et son sud. Elle avait un seul visage gravé dans ses yeux et confondait tous les autres. Elle voyait sa vie au travers des traits de Nicolas, comme un photographe distingue son sujet par l'intermédiaire du filtre de couleur, un petit arrangement avec la réalité. J'étais démuni et quelque peu imbécile. Il y avait tant à faire et à exprimer, je n'étais parvenu qu'à la convier au restaurant. Lui offrir de se repaître lorsqu'il eût fallu tout au moins s'évertuer à la ranimer… La nourriture pour détourner la douleur, l'ordinaire pour combler ma défaillance et flatter mon humanité. C'était pathétique. C'est bath la popote, ça meuble, ça remplace l'effort, ça exhausse la civilité. Mais ça n'est que du décor, un amoncellement d'apparences qui ne soulagent rien. Je lui avais dit : « Voulez-vous dîner ? », alors que je m'entendais articuler : « Puis-je vous parler et vous soutenir ? Puis-je vous consoler ? Puis-je vous débarrasser de votre fantôme et de vos maux ? Puis-je vous aimer un temps pour vous réapprendre à vivre ? Puis-je être là ? » Je présumais tout… Mais je lui proposais d'aller bouffer.

J'étais de mauvaise humeur… La veille, je n'avais pas su trouver les mots justes, alors au centre de formation de la fonction publique, j'ai commencé à jouer avec les mots. Pas exactement les miens, mais ceux des dictionnaires mis à notre disposition. Il me fallait passer ma frustration, ce fut sur Larousse. Nous planchions sur un exercice : « Simplification des formulaires administratifs. » Une marotte ou une mode décennale. On déplace la ponctuation, on déleste d'un mot, on dégraisse une tournure, parfois on est tenté de glisser un ou deux dessins pour illustrer le propos, une pédagogie d'analphabète : à défaut de surélever on rabote. L'exécution rend l'administré plus intelligent ou moins âne, et le fonctionnaire plus charitable. C'est émouvant, on s'embrasserait, tant on est content de s'être enfin compris... L'assistant conseillait de rafraîchir les formulaires en avançant en biais, cette ligne droite de l'astuce, et précisa qu'il y allait de la réputation de son service mais que celle-ci, comme toute autre réputation, était négociable en coulisse. En bref, il espérait un polissage, pas une révolution. Les documents entre les mains, je lus, compris, avisai et remédiai. Ce fut appliqué et rapide. Usage des caractères gras, trois ratures, une inversion, une soustraction et un alinéa : un beau travail de faussaire... Le Larousse donc, son petit format et ses illustrations en quadrichromie. Je le feuilletais en attendant la fin de notre session « ponçage ». J'avais terminé en avance, le dictionnaire était épais, nous pouvions tuer le temps tous les deux. Après un pèlerinage du côté des locutions latines et un coup d'œil sur les proverbes français, je consultai les premières pages, celles des drapeaux ; il me fallait mémoriser une bonne fois pour toutes les couleurs de ces excroissances géographiques apparues à la suite de l'effondrement du bloc soviétique. C'est entre le Qatar et la Roumanie que je débusquai l'erreur crapoteuse qui pouvait aussi s'apparenter à une vile démagogie commerciale. Je me levai, mon gros livre sous le bras, pris les deux exemplaires qui trônaient dans la bibliothèque de notre salle, jetai le lot à la poubelle et sous les regards incrédules de mes camarades, je regagnai ma place. Je n'eus guère le loisir de m'ennuyer, je dus expliquer mon geste, décomposer mon lancer franc, en offrir le ralenti. Je fis alors un bref exposé sur l'instrument de précision qu'est le dictionnaire, la confiance allouée lorsqu'il s'agit d'y puiser une définition ou de dénicher la rigueur qu'adulent le méticuleux et l'Helvète ; je conclus mon laïus en déclarant que ses qualités ne le dispensaient pas de « l'exigence d'exactitude... ». Je vis leurs mines, ils étaient hilares. Je ne me sentais pas ridicule, je me sentais floué par Larousse, la différence était notoire mais visiblement j'étais le seul à m'en apercevoir. Curzio, l'un des Italiens gominés, vint à mon secours avec son accent chantant et sa démarche ondulante de modèle, il sortit un volume de la corbeille et me demanda ce que je lui reprochais. « Le Québec serait-il sans que nous le sachions devenu un pays inscrit à l'inventaire onusien ? » Tous fins géographes, ils répondirent par la négative... « Que fait alors le drapeau de la province du Québec entre celui de la Roumanie et du Qatar ?... » Curzio, informé de toutes les emphases régionalistes, étant lui-même lombard et farouchement italien, me donna raison. En enfonçant le Larousse dans la poubelle, il confirma la bévue et l'ambition sans doute mercantile de ses concepteurs. « S'ils veulent courtiser le Québec et ses jérémiades nationalistes pour mieux leur vendre des dictionnaires, pourquoi pas, mais ils doivent également y inclure tous les drapeaux des différentes provinces qui composent les Etats fédéraux, comme l'Allemagne, ou les Etats-Unis, ou le Canada. » Il négligea la Suisse, je le lui fis remarquer, il opina, j'en fus satisfait. En sortant du cours, j'arrachai toutes les pages roses d'un des ouvrages reniés, les locutions latines avaient traversé le temps, elles ne méritaient pas une telle fin… L'excédent de mots acheva ses jours parmi les déchets. *Requiescat in pace !*

Je me reposais en paix sur mon lit. Les yeux clos. Je pensais au vocabulaire. Il y en avait pour l'épouse qui perd son mari ou pour l'époux qui perd sa femme, l'enfant qui perd ses parents, tous déplaisants. On avait imaginé des belles-filles, des beaux-fils, et puis des demi-frères et sœurs et aussi des pas toujours très chouettes belles-mères… Dans les statistiques de la natalité on découvre, réjoui, que dans tel pays les couples ont « deux virgule trois » enfants ; une fortune qui voit l'éclosion de la demi-portion et des demi-sel. Il y eut dans les siècles chagrins les bâtards, et pour les à-côtés et le code civil, il y a maintenant les enfants adultérins. Merveille de la langue française, tout est identifié et nommé, tout est étiqueté. La plus rare des herbes est assignée à résidence dans un codex, il existe des encyclopédies et des glossaires, des lexiques et des nomenclatures où tout ce qui fut trouvé, vu ou inventé est riveté dans un livre et expliqué par un strict énoncé. Jour après jour des mots meurent, d'autres naissent. Mais toujours rien qui désigne une mère ou un père qui ont perdu leur enfant. On ne les appelle tout simplement pas. Pourtant tout le contexte parental fut exploré, les rôles attribués, le pire fut aussi prévu pour les petits sauts d'humeur et les forfaits familiaux. Le parâtre, la marâtre, pas autre chose qu'un beau-père ou une belle-mère défigurés par le manque d'amour ; la trilogie des trucidés avec ces parricides renversants, ces matricides et ces fratricides, et ce n'est pas tout, même le plus contre nature est affublé d'un âpre vocable : l'infanticide. A chaque extrémité d'une situation donnée, il y a un mot précis. Un homme marié l'est tant que sa femme est vivante et présente à ses côtés, après il se métamorphose en veuf, en divorcé, parfois en cocu. Les exemples sont légion, mais l'instant n'est pas à la thèse... Là, allongé sur mon lit, paisible, je procédais par analogie, m'évertuais à trouver le mot, juste un mot mercenaire qui se porterait volontaire pour endosser cette tyrannie. Aucun ne sortait des rangs. Les mots baissaient la tête ou regardaient ailleurs. Même celui de *courage* en manquait cruellement, agile, il se contentait de pénétrer le cœur des parents victimes, c'était là sa seule contribution. Il fallut que je me range à l'évidence : les Français aimaient trop leurs enfants... Jamais ils n'avaient envisagé qu'ils puissent mourir avant eux. L'éventualité exclue, il n'y avait nul besoin d'homologuer l'invraisemblable. Ils ne sont pourtant pas avares de vocables spécifiques, ils ont dans leur langage des expressions terribles, toutes consignées noir sur blanc dans les dictionnaires : *spinaventosa, nouveaux philosophes et collagène, monogamie, greffe de rein, directeur littéraire ou Disneyland...* Des mots pour tout... Mais la perte d'un enfant est une débâcle devant laquelle la belle langue française, mortifiée, reste sans voix... Héroïque constance ! Qui oserait se l'approprier ?

La durée d'une cigarette est de deux minutes trente-cinq. Un couple le chantait, que l'autoradio du taxi diffusait. Un cigare, c'est nettement plus long. Mais dans la voiture il était interdit de fumer. Respectueux des pictogrammes, je gardai le mien éteint aux doigts. Le chauffeur, une femme, bougonnait, elle prétendait que même froid cela sentait mauvais. J'ai rétorqué qu'il puait moins que son mauvais parfum. L'échange cessa. Elle a regardé la route, j'ai regardé sa nuque. Je n'avais rien à faire dans son carrosse. C'est bête, en sortant de l'école, je me suis aperçu que j'avais égaré la clef de l'antivol de la moto. Parfois je me dispersais, alors je refaisais le chemin dans l'autre sens, à la recherche d'un double. Je ne perdais que les clefs. Ma mère y voyait un signe : je ne voulais pas rester enfermé... Je n'avais pas d'opinion, seulement des poches déformées et l'agacement d'avoir à dupliquer mes clefs pour ensuite les déposer à droite et à gauche, un peu à la manière des écureuils. Je me suis fait violence pour offrir un pourboire à la conductrice, ce qui n'est pas une bonne idée lorsqu'on est au volant toute la journée; elle fut surprise et moi dégrevé. J'avais les deux pieds sur le trottoir, la portière n'était pas encore refermée lorsque je l'ai entendue derrière moi. Elle arrivait presque en courant, très pâle, deux sacs en plastique aux mains. J'ai remarqué un bidon de produit vaisselle et un lot d'essuie-tout, peut-être aussi des fruits, sans toutefois les identifier. La nuque derrière le volant a crié : « La portière ! » Sur le même ton j'ai répondu que sa brouette empestait le tabac froid et qu'il lui fallait aérer. J'eus droit à un retentissant et vengeur : « Connard de Suisse ! » Une styliste, pour qui une aumône de deux euros paie la familiarité. Elle a démarré en trombe, selon l'expression usuelle. A l'arrière de sa Renault, j'avais eu tout le temps de l'observer, elle ressemblait à Jean Gabin vers la fin de sa vie, massive et plissée. Elle n'était pas très féminine, encore moins sympathique. Gabin l'était, je crois. J'ai réceptionné Marguerite. Elle s'est quasiment jetée dans mes bras. Les fruits, c'étaient des oranges, elles ont roulé à terre... « Tu es tombé de moto ? Tu t'es blessé ? » J'ai dû la calmer, ramasser ses agrumes, lui promettre que j'avais oublié mes clefs quelque part, sur un comptoir de café, dans un caniveau ou dans la veste d'autrui, autant de lieux de perdition. Elle était agitée, j'ai cru qu'elle allait pleurer. J'ai effectué un tour complet sur moi-même, j'ai souligné le parfait état de mon costume, son repassage au cordeau, la rectitude du pli et des ourlets, une prestance incompatible avec une quelconque chute, je me mettais en vedette et lui prêchais ma grande prudence à motocyclette. Mon excellente santé établie et constatée par elle, je l'ai escortée avec ses provisions jusqu'à son appartement. Dans l'ascenseur, elle m'a dit : « Tu faisais tout comme ton père. Il pêchait et tu pêchais, il bricolait et tu l'observais pour l'imiter, il regardait le Tour de France et tu faisais du vélo… Il a fini par se tuer et toi aussi tu t'es… »

Ma question la fit sourire, et elle me parla plus distinctement. Nous avions rangé les courses. Les fruits dans leur corbeille d'osier, le jambon et les fromages au réfrigérateur et les sacs plastique pour le recyclage. Installé face à elle, je regardais son nez droit, la poutre maîtresse de son visage. Je m'étais toujours méfié de la vieillesse. Les amis de mes parents étaient tous plus âgés qu'eux. Lorsque je les rencontrais, ils m'ennuyaient, ils étaient tellement prévisibles. Les hommes ne s'écartaient pas de l'idée sotte d'être sermonneurs. Comme ils ne pouvaient plus donner le mauvais exemple, et ils en crevaient à petit feu, ils m'abreuvaient de leurs conseils pour se venger. La procession des fulminants… L'un d'entre eux affirmait même « qu'un vieux assis avait plus à dire qu'un jeune debout ». Leurs femmes prétendaient me guider dans mes amours futures, une façon pour elles de visiter les caveaux où gisaient tant de passions défuntes ; à haute voix elles estimaient avoir été comblées mais en silence elles souffraient d'insomnies. Marguerite ne m'effrayait pas vraiment... Elle me touchait, elle m'attendrissait, elle effaçait ma réserve et mes distances, et je dois l'avouer, c'était là une sensation agréable d'être aimé pour ce que l'on n'était pas. Je lui avais demandé pourquoi elle n'avait pas eu d'autres enfants que Nicolas, et si elle m'autorisait à fumer un de mes infâmes Toscani, elle a répondu oui, alors j'ai entrebâillé une fenêtre. Et c'est à ce moment-là, quand j'avais le dos tourné, qu'elle s'est mise à chanter... Plus rien ne me surprenait, j'ai fait comme si tout était normal, et j'ai écouté. C'était singulier, un répertoire encore inconnu de moi, une découverte, tout en pétulance et nostalgie. « *Nous avions dix ans à peine/Tous nos jeux étaient les mêmes/Aux gendarmes et aux voleurs/Tu me visais droit au cœur/Bang bang, tu me tuais/Bang bang, et je tombais/Bang bang, et ce bruit-là/Bang bang, je ne l'oublierai pas.* » Nous sommes demeurés silencieux un temps, et je me suis lancé : « Qui chante cette si belle chanson ? » J'aurais dû être plus prudent car elle me prit au mot et se remit à fredonner : « *Un jour tu as eu vingt ans/Avec elle tu es parti/Bang bang, tu m'as quittée/Bang bang, je suis restée/Bang bang, et ce bruit-là/Bang bang, je ne l'oublierai pas.* » J'étais certes inculte en grande musique mais je percevais fort bien le double sens des paroles. Pour faire diversion, je me suis risqué une fois de plus. « Alors, qui chante cela ? » La chanteuse s'appelait Sheila. « Tu ne la connais pas ? » J'ai dû avouer que je connaissais Sheba, les aliments des chats bégueules et délicats, mais pas Sheila. Ça l'a fait rire. Ce n'est qu'ensuite qu'elle déclara m'avoir chanté tous ces refrains pour m'endormir lorsque j'étais enfant.

« Nicolas n'a jamais eu de frère ou de sœur ? » J'insistais. Toujours la fumeuse diversion, et la curiosité. Je voulais qu'elle s'échappe de sa prostration et qu'elle revienne à moi, qu'elle mette un peu d'ordre dans le désordre de sa tête, sa météorologie intérieure si déconcertante. C'était étrange, j'avais l'impression de ruser avec l'impossible. Elle aussi finassait, prenait les contre-allées. J'attendais une réponse, j'obtins une réminiscence… Les premiers mois de Nicolas lorsqu'il était un joli bébé aux yeux bleus. « Des yeux de husky, tout le monde le disait, je n'avais jamais vu ces chiens de traîneau, Montmartre même sous la neige ça reste praticable… » Maintenant, elle ne ployait plus le dos, elle bombait le torse, se souvenait des inconnus qui lui parlaient dans la rue ou au square. Ces femmes dubitatives qui regardaient les yeux de Nicolas et ensuite ceux de sa mère qui les avait si noirs et si sombres, et qui demandaient après si c'était bien son enfant. Elle envoyait un : « Non, je le loue à la journée pour draguer les hommes ! » Ça les séchait sur place, elles ravalaient leur mauvaise langue et s'en allaient toutes au diable. Les hommes, plus séducteurs, plus allègres, la félicitaient d'avoir un si bel enfant, ils la trouvaient chanceuse, prétendaient l'envier… Elle n'était pas dupe, elle était juste charmante, elle connaissait leurs simagrées, alors elle les toisait, tous ces hommes si sûrs d'eux, et elle déclarait : « Je vous refais le même quand vous voulez ! » Il paraît qu'il fallait les voir rougir et soudainement devenir muets.

Marguerite est passée du rire aux larmes, comme ça, sans ciller et me prévenir. En catastrophe, j'ai calqué mon maintien sur son humeur, mais vers la fin de son histoire, il a fallu que je me retienne de pleurer. Pour y parvenir, j'ai triché, en serrant très fort les lèvres, j'ai regardé le plafond et l'eau de mes yeux est restée au fond, elle n'est pas remontée à la surface. C'est une technique, découverte par hasard, j'avais quatorze ans et le ciné-club de l'école nous projetait une mièvrerie intitulée : *Love story*. Une histoire d'amour. C'est une jeune fille qui aime un jeune homme, elle aime aussi Mozart et les Beatles, elle a le cancer et il neige parfois, comme elle n'aime pas son cancer, son cancer, lentement, la tue. Personne ne sait ce qu'est devenu le jeune homme, peut-être a-t-il appris à détester les Beatles. Avant la séance, les filles de ma classe se pâmaient à la lecture de la fiche qui résumait l'attrait du film ; son romantisme exacerbé les émoustillait. Là où elles voyaient une riche évocation dramatique de la vie estudiantine, je devinais une malheureuse défaite de la recherche médicale. Je faisais partie de ces improbables adolescents pour qui toute sensibilité était synonyme de maniérisme. Nous fûmes servis en finesse et autres gracieusetés : *Love story*, c'est un peu la Sixtine du mélo. Je dois concéder que le sirupeux était d'une efficacité déroutante puisque j'ai dévié de mes a priori devant la toile. Lorsque la belle-étudiante-amoureuse-se-meurt dans une lourde mélasse de piano, j'ai senti mon cœur se presser comme une éponge et l'eau me voiler la totalité de l'écran. Alors, pour stopper cette honteuse hémorragie lacrymale, j'ai observé la voûte et les solives de notre salle de cinéma jusqu'au générique, et l'eau a ainsi reflué sans déborder… Sur le plafond de Marguerite, il n'y avait rien où je puisse me raccrocher. La peinture était fraîche, pas une écaille, pas de toile d'araignée, une poussière tout au plus, mais j'étais trop loin pour l'affirmer. Elle me confia un secret. Il fut présenté comme tel et accepté comme un cadeau. Je demeurai moi-même, c'est-à-dire sur le qui-vive, à cent pour cent, les secrets me surchargent et je m'en délivre fréquemment… « Quand ton père est mort, c'était un soir de février, on m'a téléphoné, tard. Il était tombé d'une passerelle sur un chantier. J'avais le sentiment qu'il n'avait pas glissé. Mais que je l'avais poussé. Que je t'avais privé à jamais de ton papa… Toi, tu dormais, tu venais de fêter tes six ans… J'ai couru jusqu'à ta chambre, je me suis assise sur ton lit, j'ai mis la petite lumière, je t'ai regardé longtemps dans ton sommeil… Je voulais voir son visage une dernière fois dans le tien… »

Je me tenais sur une vérité claire, ou plutôt en équilibre précaire sur un seul de ses tranchants. La position était inconfortable, il me fallait être saltimbanque. Je n'aimais pas ce que je faisais. Très tôt on m'apprit que je devrais gagner ma vie, très tôt je compris qu'inévitablement un autre allait devoir la perdre, et que tout n'était pas encore au point. Sans que j'aie demandé quoi que ce soit on m'a donné la vie, et lorsque je commençais à m'y habituer, à l'apprécier, on me mit au défi de la conserver en la méritant… Je ne critique pas la méthode, loin de là, je constate le manque de fair-play, la facétie. J'entendais ici et là que l'argent était indispensable, qu'il était le sésame de la réussite, dans le même temps je lisais la presse, on écrivait que l'agriculture se mourait, j'y voyais bien la preuve que le blé ne faisait pas le bonheur. Tout était confus mais il y avait lieu de garder son sérieux sous peine de se faire taper sur les doigts… Et c'est exactement ce qu'il se passait. Mon directeur d'études me réprimandait. Puisque j'avais attenté aux biens de l'école, il en subissait un traumatisme, c'était un émotif, pas même un héritier Larousse. La corbeille, gavée, fut moins ingrate, elle se déversa dans une autre, plus avide. Lui, me déversa un tombereau de reproches, un réquisitoire, une incontinence : il en fuyait de partout. Pour quelques kilos et une erreur, de papier… Il ne m'aimait pas, j'étais anobli. Il aurait pu être diplomate, il excellait dans cet art si particulier à cette gent, celui de faire durer les carreaux fêlés. Que n'aurais-je subi en cas de bris du distributeur de boissons chaudes, ou plus édifiant, en cas de rêve sans planification préalable… Pour écourter toutes ces effusions, je lui promis de présenter des excuses publiques auprès de la chère poubelle et de garnir les étagères de l'école de nouveaux ouvrages. Nous étions adultes et nous nous mîmes d'accord sur une chose, il y avait perte plus navrante que celle de trois dictionnaires approximatifs… En le quittant, j'eus le pressentiment que ma note de stage serait désastreuse.

Ce fut une catastrophe… Il n'y eut aucune surprise. J'avais pourtant habilement manœuvré pour tenter de rattraper le gâchis, hélas je partais de trop loin, l'écart ne pouvait plus être comblé. Pas grand-chose, trente petites minutes de trop. La recette je la connaissais, je m'étais entraîné et je pensais avoir assez de pratique, j'étais présomptueux, on me le reprochait parfois, je faisais la sourde oreille. Ce jour-là j'entendis le téléphone et c'est ce qui me perdit. J'arrivais à la fin de la cuisson et le répondeur automatique aurait enregistré l'appel. On ne le dit pas assez, on nous le cache même, mais la curiosité et la précipitation sont les pires ennemies du coq au vin. Il ne faut jamais se laisser distraire, vous vous éloignez à peine du fourneau, que la volaille la larme à l'œil et encore vaillante se venge, que la pression du gaz se dérègle, ça ne file plus doux, votre belle alchimie se défoule et n'en fait plus qu'à sa tête. Mijotées une demi-heure de plus, les chairs se détachent, ce n'est plus précis, ce n'est plus appliqué, c'est à refaire… J'avais deux possibilités : le martyre à la Vatel ou la supercherie. J'attendais une dame et je n'avais pas d'épée, je choisis aussitôt un tour de passe-passe : la suppléance de l'amateur par le professionnel. Il me restait environ une heure pour trouver le restaurant qui afficherait à sa carte un coq au vin… Sur la route, je fis un détour chez un caviste. Il me conseilla un pommard, j'acquiesçai, sortis, revins sur mes pas pour en prendre un second. Enfant, un ami de mon père disait : « C'est fou comme ça se finit vite le pommard. » Mon père s'offrait la traduction simultanée et il ouvrait une autre bouteille. Le menu était dédié à la cuisine bourgeoise alors je m'y suis arrêté. Le coq trônait entre le canard farci à l'alsacienne et la daube de marcassin. J'ai tout de suite paru suspect au maître d'hôtel. Quand il me vit m'avancer avec mes deux bouteilles de rouge et ma cocotte en fonte, il ne put s'empêcher de faire le malin. « – Monsieur a-t-il peur que nous manquions de couverts ou de boissons fortes ? – Non. Monsieur a simplement raté son coq au vin et vous le voyez bien embêté.

– Monsieur souhaite que nous le dépannions?
– Monsieur est perspicace! » La fonte et le clairvoyant firent un aller-retour à l'office et j'eus quatre généreuses parts de coq au vin… En me présentant le récipient qui fumait, le maître d'hôtel précisa, comme pour m'accabler : « Ce n'est pas du coq au vin, Monsieur : c'est du Rembrandt… »

Marguerite et moi n'avions jamais vu ce Monsieur Rembrandt mais nous dûmes admettre que son coq au vin était savoureux. Elle m'attendait chez elle à vingt heures. La table dressée et ornée de fleurs coupées, je suis allé la chercher. Elle avait cet air qu'ont les jeunes filles lors d'un premier rendez-vous. En passant devant la loge de la concierge, elle eut un bref instant d'hésitation. Je glissai mon bras sous le sien en lui précisant qu'à cette heure-ci, elle était écroulée devant la télévision. « Tu l'as rencontrée?
– Oui. C'est une surdouée des arts primitifs et de surcroît, elle a de très mauvaises lectures… » Marguerite m'apprit que j'avais toujours eu des jugements tranchés. Je décidai de commencer à compter les points communs entre Nicolas et moi. Jusqu'à présent nous en avions au moins deux : la moto et nos franches opinions… Sur le palier, pendant que je sortais ma clef, elle a dit que ça sentait bon, une fois entrée, elle changea d'avis et déclara que ça sentait « vraiment très bon ». Je lui pris son manteau, elle prit une chaise. Je me suis retiré dans la cuisine pour réchauffer le Rembrandt et cuire les pâtes, des

tagliatelles, six minutes de cuisson, j'ai vérifié à deux reprises, déclenché le compte à rebours et je suis retourné lui tenir compagnie... Abandonnée ainsi quelques secondes, elle en avait profité pour domestiquer le désordre qui régnait dans mes étagères et sur mon bureau. Rien n'avait été strictement rangé, tout était encore à sa place, mais disposé avec plus de discipline : les livres restés entrouverts sur le bureau étaient désormais refermés sur des marque-pages improvisés, les journaux épars réunis en familles et les stylos en fagots, la lampe avait retrouvé son inclinaison standard et mes paires de lunettes leurs étuis. Une énergie de l'inutile, je ne me retrouvais que dans ce fouillis minutieux, j'y fus pourtant sensible et le lui dis. Nous avions une première bonne affaire à liquider, je débouchai un pommard et la conviai à s'asseoir à table. Je vivais dans un agréable et grand deux-pièces. Une chambre exposée au sud et un salon imposant que j'avais divisé en bureau et en salle à manger. La séparation était délimitée par un canapé et un petit muret de vieilles boîtes de cigares cubains. Mon père les stockait, il en possédait des centaines, réparties entre la cave et le grenier, il n'était pas collectionneur, il affirmait surveiller ainsi la progression de son éventuel cancer... Je fis le service et Marguerite rompit le pain. Nous avons mangé et bu. A la fin du repas, nous étions rassasiés, et aussi imbibés que le coq, à peine moins cuits, encore lucides. Marguerite n'était pas très bavarde, cela me convenait bien ; j'étais saturé de ces repas avec obligation de paroles et bon maintien… Pas bavarde ne signifie pas muette. Elle parla de fleurs, de celles qui étaient entre nous sur la table, des roses et des tulipes, rouges les roses et blanches les tulipes dans un vase en verre bleu. Lorsqu'elle les détailla, je me sentis ridicule, les couleurs, je n'y avais pas pris garde, il ne manquait plus que le chant des stades et les poitrines bombées. Elle m'a demandé si je connaissais les « petits trucs » pour prolonger la vie des fleurs. Je n'étais pas expert floricole ni réanimateur hospitalier, j'ai dû le concéder et écouter ses astuces. La première chose à faire, m'a-t-elle dit, est de toujours bien laver et rincer le vase car il y reste souvent les bactéries des fleurs anciennes qui tendent à corrompre la durée de vie des prochaines résidentes… Je résume, mais c'était absolument passionnant et profitable, mon horizon s'élargissait. J'appris aussi les bienfaits de l'aspirine. Plongée dans le vase, cette concoction effervescente accordait un sursaut d'éternité à la fleur qui, ayant déjà perdu pied, perdait immanquablement la tête. Marguerite, relayée par le pommard, était en verve et j'étais de bonne audience ; elle était euphorique, cela lui allait bien. Elle était surtout inépuisable, je voulais lui conseiller d'écrire un catalogue des artifices et autres intelligences du foyer mais je redoutais qu'elle ne le prenne mal, donc je demeurais attentif. Elle marqua une pause, reprit un peu de fromage et continua son inventaire. Je ne me souviens plus de l'intégralité de l'énumération, certains conseils étaient ingénieux, d'autres curieux, comme le fait de glisser dans le fond du vase des petites pièces jaunes et de les recouvrir d'eau froide avant d'y arranger ses fleurs… En France, les pièces jaunes, n'était-ce pas une manie de vieilles femmes désœuvrées ? Marguerite était incapable de me révéler le secret de la ferraille sur l'espérance de vie des fleurs, elle le tenait de son amie Johanna, fleuriste à Poilly-sur-Tholon qui ne lui garantissait pas le résultat… Tout ça était bien mystérieux, le pommard se terminait tout seul, il était temps de la raccompagner chez elle. Entre le numéro huit et le numéro dix de la rue Girardon, l'air frais nous piqua, ce fut bref et vivifiant. Avant qu'elle ne referme sa porte, je lui ai dit : « Marguerite, je suis Thomas. Thomas Sanders, je suis né en Suisse et mes parents également… » Elle m'a regardé, m'a caressé la joue, je crois qu'elle avait les yeux embués. « Je sais tout cela Nicolas. » Et elle m'a souhaité de bien dormir. Je descendais les escaliers, j'étais au quatrième étage lorsque j'ai entendu la porte se rouvrir. « Nicolas, attends ! » J'ai avalé les marches trois par trois. Elle se tenait dans l'entrebâillement, elle portait toujours son manteau beige à large col de velours noir. Elle a encore dit « Nicolas » en m'interrogeant : « Crois-tu que lorsqu'on est mort, on est tout seul… Tout seul à jamais ? » Et d'autres mots encore, prononcés tout bas…

Etait-ce les effets du pommard mélangés au coq au vin ? Ceux de l'altitude ? La rue Girardon dominait Paris, l'étourdissement nous guettait... Ces derniers mots furent assez déroutants. Je ne les avais pas compris sur le coup. « Tu sais, je n'y suis pour rien dans la mort de ton papa... Pour rien... »

Je ne connaissais rien de la mort. Ou alors le conseil rabâché par mon père, qui le tenait d'une lecture attentive de Chateaubriand. Quand l'inaction me taraudait, il m'assénait : « Thomas, mon cher fils, puisque nous devons tous mourir, il faut savoir se reposer bien avant, ainsi le changement n'en sera que moins brutal... » Peut-être sommes-nous débiteurs de Monsieur de Chateaubriand quant au choix de nos belles carrières...

La mienne commençait dans la Creuse. Mon premier stage dans une préfecture, à Guéret exactement. C'est-à-dire nulle part, ou alors tout à côté. Mon directeur d'études était du genre rancunier. Il m'avait convoqué pour m'annoncer l'exil et il fut magnanime. « Il y a deux postes : les Vosges ou la Creuse... Les Vosges, c'est le bagne, réservé au grand banditisme de l'administration, pour vous ce ne sera que le bannissement, le crime est moins grave, des histoires de drapeaux... Achetez-vous une conduite adéquate... » La Creuse ou les Vosges, depuis que la France avait rendu ses possessions coloniales, elle y dépêchait ses fonctionnaires atypiques ou en délicatesse, on le prétendait... J'acceptai comme on rallie la domesticité future dont on sera honoré. Pour ne pas faillir à cette nouvelle notoriété, j'ai commencé par désobéir dès le seuil de son bureau franchi : je n'ai jamais salué l'autoritarisme et le pontifiant. Il était hors de question pour moi d'acquérir dans l'heure une quelconque conduite appropriée, un guide des auberges et des restaurants de la Creuse ferait l'affaire… Après lecture, l'endroit me parut charmant, certes un peu désertique, assurément calme, pâturages et bovins à perte de vue. La plus grande ville du département comptait à peine dix mille habitants ; le préfet devait avoir beaucoup de loisirs, les ruminants de l'espace, l'écho et les courants d'air du champ libre, les glands l'ardeur de croître en toute tranquillité arrimés à leurs chênes… La moitié du Valais suisse au centre de la France, je ne serais pas dépaysé…

Des hommes manifestaient dans les rues de Paris… Il était question du prix trop excessif du carburant, pour la police il était question de les canaliser pour éviter les débordements, l'entente n'était pas cordiale et la circulation était bloquée, les premiers martelaient des slogans, les seconds le bitume, tout ce petit monde s'invectivait sans vouloir en découdre, c'était distrayant mais stéréotypé… J'ai demandé à un agent de la communauté du maintien de l'ordre quelle était cette foule de promeneurs à l'humeur exécrable. « C'est les Findus et les Capitaine Igloo. » Qu'en langage imagé ces choses-là sont dites ! Le cerbère, fin gourmet, désignait ainsi les marins-pêcheurs. Il fallut attendre que le cortège aille se faire voir ailleurs pour redémarrer. Pieds à terre et moteur coupé, j'avais eu le temps de penser à Marguerite, nous commencions à devenir intimes et il m'importait de la ménager… Je me suis présenté chez elle sans m'annoncer, elle faisait du repassage, j'avais amené du saumon fumé et des petits pains aux oignons, elle préféra ses toasts de pain de mie. Dans l'entrée de l'immeuble, j'ai croisé la concierge. Elle m'a abordé avec un sourire et les mains gantées de caoutchouc rose. « Vous lui faites du bien à Marguerite, elle a changé. » Canaille, elle ajouta même : « Et vous êtes très mignon lorsque vous rougissez… » Je me suis vite enfermé dans l'ascenseur pour ne pas la mordre et j'ai pressé le bouton. L'appartement baignait dans la lumière d'une belle fin de matinée, tous les volets étaient ouverts, les doubles rideaux écartés, je ne l'avais jamais vu ainsi. Marguerite a débranché son fer, rangé son linge et s'est retirée, probablement dans sa chambre ou dans la salle de bains, elle en est revenue toute coquette. J'ai improvisé sur le coin de la table une atmosphère nordique, les tranches de saumon disposées en chiffonnade sur des assiettes garnies d'un demi-citron coupé. Les Vikings m'ont toujours médusé par leur sens de la mise en scène. J'essayais de reproduire mais je ne les égalais pas… Marguerite n'a pas été impressionnée par ma composition marine, elle a déplié le fatras pour l'étaler, indifférente à tous mes effets spéciaux. Elle s'est levée de sa chaise : « Reste assis, j'en ai pas mais je vais nous en faire », et s'en est allée dans la cuisine. J'ai distingué des bruits de portes de placards, de bouteilles et de glaçons, j'en ai déduit que j'avais oublié la boisson. Effectivement, il y avait de la glace, un grand saladier rempli à ras bord qu'elle posa devant moi avec deux bouteilles, une vide et une pleine, un entonnoir cuivré et un broc d'eau. La seule étiquette encore lisible me fit craindre le pire : « Alcool à 90 % non dénaturé » rehaussé du caducée pharmaceutique vert. Marguerite m'a lancé une œillade espiègle : « Une vodka maison pour accompagner le poisson. » Ce qu'elle entreprit. Promptement et avec une grande concentration. Je me croyais sur le tournage du *Salaire de la peur*… Marguerite, lorsqu'elle transvasait la moitié de l'alcool à 90 % dans la bouteille vide avec l'entonnoir, c'était un peu Charles Vanel projeté au temps de la prohibition ; le tremblement sournois était écrasé à la volée, la perle de sueur s'évaporait sous l'ébullition de l'ingéniosité, le regard traquait la moindre goutte qui tenterait de lui échapper et qui, à l'instar de la bonne vieille nitroglycérine, rabaisserait la subtile formule au rang de Waterloo de la distillation clandestine… Elle était délicieuse, Marguerite, dans le répréhensible et la combine, délicieuse à en faire pâlir le jour. La minutie laissa place à une manutention plus grossière. Elle mélangea l'alcool avec l'eau du robinet, posa le broc, reboucha la bouteille, brouilla la combinaison et s'éclipsa dans la cuisine pour en revenir aussitôt avec un morceau de sucre qu'elle brisa en deux avant de le glisser dans le goulot, de secouer le tout une dernière fois et d'immerger son cocktail dans le récipient de glace. Désormais instruit dans les spiritueux en kit, je lui demandai où elle avait appris cela : « Aux Postes et Télégraphes, pendant les réunions syndicales ou celles du comité d'entreprise, ça déliait les langues… » Ça ne rendait pas uniquement volubile, c'était une véritable boisson de dentiste, ça lessivait les dents quand cela ne les perforait pas. Nous avions attendu près de dix minutes avant de commencer à boire cette « chose polaire », et j'ai de suite deviné l'ultimatum qui planait sur mes gencives : ce n'était pas agressif, c'était sans merci. Tout en stridences et en acidités. Marguerite l'avalait à grandes gorgées, comme de l'eau plate millésimée, transportée peut-être dans ses éloquences corporatistes d'antan. Avec une tranche de saumon, la sensation était encore plus cyclonique : le poisson se dissolvait carrément, il n'y avait pas de raison de le mâcher, l'alcool le liquéfiait dans l'instant, même les petits pains aux oignons se désagrégeaient. A son corps défendant, Marguerite venait de nous concocter un nouveau défoliant. Son élixir trouvait sa place au rayon désherbant des pépinières. Elle était ravie de son résultat ; j'étais rincé et décapé de l'intérieur, tout ralentissait autour de moi. Il fallait pourtant me dépêcher de lui parler, le train partait en fin d'après-midi pour Guéret et je devais m'y trouver, voiture six fauteuil vingt-quatre, une fenêtre en seconde classe, le billet n'indiquait pas s'il existait un décalage horaire entre la gare d'Austerlitz et la Creuse… J'ai lu que l'abus d'alcool occasionnait des lésions et des hallucinations, il génère aussi des intuitions. « Je suis meilleure que moi quand tu es là. » J'ai dû prendre quelques secondes avant de déchiffrer ce qu'elle me disait. J'ai répondu que je serais à ses côtés chaque fin de semaine, que je souscrirais un abonnement à la S.N.C.F., que j'allais me soustraire à la préfectorale pour additionner des allers et retours et que je deviendrais un grand voyageur à en perdre pied…

C'est à pied que nous sommes allés à la recherche d'un taxi. Marguerite était un peu pompette et insistait pour m'accompagner à la gare. Elle me tenait le bras, je portais mon sac de voyage de l'autre. Place des Abbesses, les terrasses des cafés étalaient leurs échantillons représentatifs du quartier : à vue d'œil ça brassait dans l'habit, le bon ton en vogue et dans le vent, ou la culture mais par intermittence, quelques déménageurs aussi, sur des mobylettes pour la fantaisie faubourienne, et des acteurs populaires qui mesuraient leur gloire dans les reflets énamourés de ceux qui les lorgnaient en feignant de ne point le faire… Ils étaient très touchants, ils entretenaient leur différence en s'humectant les lèvres de Cacolac. Les jours de commémorations ou de deuils, tous ces gens-là n'observaient pas la minute de silence : ils l'écoutaient. Ça leur donnait le sentiment d'être élevés, et uniques, de savoir que le silence s'écoutait beaucoup plus qu'il ne s'observait. Je fus des leurs, en voisin, lors de mon emménagement rue Girardon, je venais chaque jour prendre le petit déjeuner dans ces bars, forcément je les ai entendus. Un trait me réjouissait, cette faune n'aimait pas, elle « adoooorait », c'est-à-dire qu'elle aimait en faisant des manières et des ronds avec la bouche. Marguerite, appuyée sur moi, avait le pas qui manquait de concentration, l'humeur primesautière et des clowneries de dauphin. Soudain elle s'arrêta et me dit : « On va lui faire le coup du chien chinois. » J'ai dû accuser un accent circonflexe au-dessus des yeux puisqu'elle spécifia : « Shanghai ! Le coup du restaurant ! Regarde, là !... » Là ? A une table, devant nous, il y avait une femme avec un bibelot poilu grand comme un porte-clefs qu'on appelle désespérément un chien mais qui ressemblait plutôt à un rat tenu en laisse. Ledit rat était de couleur marron avec des mèches caramel et des grelots autour du cou, pour éviter qu'il ne se fasse écraser ou, au contraire, pour bien le signaler afin qu'on ne le manque pas, selon l'amour qu'on porte aux rats de compagnie déguisés en canidés... D'ailleurs ce n'était pas un chien, c'était une contrefaçon pour les adeptes des salles de gymnastique, un gadget fourgué avec l'abonnement. La démarque à clochettes avait néanmoins de l'instinct, il se mit à aboyer, précisément comme un dératé, avec ses petites dents cruelles il entamait les courants d'air. Marguerite, dopée par sa singulière boisson, avançait droit sur lui en se moquant de la dissuasion, je me tenais derrière elle prêt à terrasser le grimacier à grand renfort de talons et de vilenies. La propriétaire de la miniature souleva sa chose du trottoir et la blinda entre ses bras, la chose se calma ; ce geste protecteur me confortait dans l'idée que je me faisais des affres de la solitude dans les grandes villes qui poussaient ainsi certaines femmes à devenir la maîtresse d'un chien. L'hystérie ayant enfin cessé, Marguerite put s'exprimer. Ce fut truculent. Elle salua le blindage, caressa le molosse. Et me prit à témoin. « Nicolas, tu le reconnais ?… C'est un comme ça que nous avons mangé à Shanghai. » J'ai joué le jeu et aussitôt surenchéri : « Il n'était pas un peu plus gros ? » Marguerite opina de la tête et demanda à la propriétaire si elle l'élevait pour ensuite le manger. La possédante, horrifiée, nous qualifia de « bande de fous furieux ». Marguerite, impassible, ne releva pas l'injure. « Vous avez tort Madame, vous devriez le goûter, en Chine ils ont une recette aux trois poivrons légèrement épicée, c'est un régal !… Ils le servent avec ou sans la tête… Dans certains restaurants, vous pouvez même le choisir encore vivant dans une sorte de chenil près des cuisines, mais c'est difficile, ils sont tous si mignons et si appétissants… » La bestiole s'est remise à aboyer, peu sensible aux promesses d'Extrême-Orient alors que sa logeuse était sur le point de nous faire une attaque d'apoplexie. Entre deux haut-le-cœur elle avait le juron aux lèvres et des rougeurs aux joues : une végétarienne. Intrigué ou alerté, le serveur est venu sur le pas de la porte, je lui ai fait un signe d'apaisement avec un sourire, il a jaugé la scène, et rassuré pour ses verres, s'en est retourné à ses limonades. J'ai pris Marguerite gentiment par l'épaule et je lui ai demandé de me laisser faire. Dans ma poche, il y avait des euros et des francs suisses, j'ai sorti le tout, la somme n'était pas négligeable. J'ai compté mes billets devant la gymnaste, c'était vulgaire, je l'étais, je lui ai proposé d'acheter illico son chien, signifié qu'elle pourrait s'en procurer un plus gros, six tailles au-dessus et pas un lilliputien lyophilisé, un vrai cabot, genre danois voire terre-neuve, autre chose qu'une tromperie sur pattes qu'il fallait regarder à la loupe et nourrir à la pince à épiler ; je l'ai également invitée à venir à la maison pour déguster le plat chinois en précisant que si elle ne raffolait pas des poivrons nous le lui préparerions aux champignons noirs. Marguerite, très en verve, criait dans mon dos « A table ! ». Mais l'ingrate a tout décliné, le numéraire et le pique-nique, elle a enfoncé son microbe à sonnettes dans son sac et a fui en hurlant : « Maudits malades ! »

A la gare d'Austerlitz il y avait du monde et aucun retard affiché pour mon train, mais je décidai de prendre le suivant, soit deux heures et douze minutes plus tard, et de rester encore un peu avec Marguerite. La foule était séparée en deux camps : les impatients et les nonchalants, nous, nous étions plutôt indécis. Nous hésitions entre deux havres, le buffet de la gare ou celui d'en face ; nous avons opté pour la solution de repli : le Jardin des Plantes. Un endroit charmant, où pas une buse humaine avec une âme de visiteuse de prison ne se croit supérieure aux animaux encagés. Sur un flanc du guichet, une lame résignée avait gravé : « La culture coûte cher ! Essayez l'ignorance ! » Notre refus de l'ignorance nous revint à sept euros chacun, rien d'anormal à cela, la liberté avait un prix, la séquestration était plus onéreuse encore. Nous nous sommes détournés des cellules pour aller regarder les végétaux pousser ; les herbes, les fleurs et les arbres se présentaient en latin, ils n'en paraissaient que plus cultivés. Après quelques minutes passées à les surveiller en douce, nous sommes convenus qu'il était illusoire de vouloir les surprendre s'animer et poindre… Marguerite s'est appuyée contre moi, la tête sur le haut de mon bras, je me suis bien adossé au banc. J'ai cru qu'elle allait s'endormir mais elle fixait un massif de troènes, genre *Ligustrum*, famille des oléacées. Je lui ai demandé si elle percevait un frétillement, une montée de sève brute, une envolée vers le ciel, elle m'a répondu : « Je n'ai jamais su trouver la force de te le dire avant. J'ai cru que tu t'en doutais, j'ai peut-être été égoïste… Je vais te raconter pourquoi tu n'as pas eu de petit frère ou de petite sœur… » Le grand air l'avait dégrisée et j'appris que Nicolas lui fit parfois le reproche d'être un peu seul. Cette critique, elle l'avait attendue longtemps. Elle s'y était préparée mais elle avait toujours reporté le temps de la réponse, quand survint le jour funeste où il fut trop tard, la mort emporta la question, Marguerite resta abandonnée avec ses justifications et sa repartie sur le bout de la langue ; il n'était pas dans l'ordre des choses qu'il meure avant elle… « L'amour que j'avais pour toi était si grand, si énorme, que je ne pouvais pas le diviser… » Quelques-unes de ses amies avaient tenté de lui dire que l'amour qu'elle vouait à Nicolas saurait très bien être partagé sans être pour autant divisé. « Elles n'étaient pas en mesure de comprendre… Parfois j'étouffais, mon cœur était constamment sur le point d'exploser, je le sentais pousser sous ma poitrine, comme s'il voulait sortir, qu'il était trop à l'étroit, qu'il avait besoin d'espace, il était gonflé de tant d'amour, c'était une sensation physique fabuleuse, j'avais le sentiment qu'il remontait pour se bloquer dans ma gorge, qu'il m'empêchait de respirer, j'avais peur qu'il éclate et qu'il ne m'emporte. C'est absurde, mais j'avais peur de mourir tellement je t'aimais. » Je l'écoutais, et par moments, cette impression que tout son fond d'âme, amplifié de tout son être, se remettait en place, était assez fascinante ; à l'instar d'un puzzle où les éléments s'encastrent après s'être reconnus. Marguerite, étrangère à mes interprétations, continuait à parler à Nicolas, avec des mots peaufinés par les souvenirs. « Je ne pouvais pas partager cet amour, il était d'un seul bloc, c'était une masse, je n'aurais pas su le faire… Je me demandais sans arrêt comment un corps était capable de contenir autant d'amour pour son enfant… Si grand, si démesuré, qu'un pays ne suffisait pas à l'héberger… Je me sentais enflée et je me regardais dans la glace pour voir si je grossissais, je croyais que c'était inhumain ou indécent tout ce déferlement d'émotions… Je m'en cachais parfois, je le taisais toujours… Quand je te tenais entre mes bras, que je respirais ton front, tes cheveux, tes joues et ta bouche, je savais que cet amour était exclusif, c'était viscéral… Il m'était impossible de le diviser, encore moins de le multiplier sans le ternir, sans le rendre ordinaire, et surtout sans te trahir… Si tu avais eu des frères ou des sœurs, j'aurais peut-être ressenti que ce merveilleux noué dans mon sang et dans mon cœur était irréel, passager, simplement temporaire… Périssable. Saisonnier, en quelque sorte… Avec le temps, je crois que cette idée me fut insupportable. Il n'était pas concevable que je puisse aimer plusieurs fois avec la même intensité… »

J'ai pris le train de dix-neuf heures pour Guéret avec un changement à Limoges ; Marguerite, le métropolitain pour la station Lamarck-Caulaincourt, six stations, sans aucun changement. Pendant l'escale, je me suis restauré et je lui ai expédié une carte postale. Un slogan publicitaire assez médiocre déniché dans un journal que je lisais : *Il n'est de splendeur sans rareté.* J'ai ajouté qu'elle avait eu raison pour Nicolas, qu'il avait dû être aimé pour mille ans, et j'ai signé Thomas, je l'ai aussi embrassée très fort. Entre Limoges et Guéret je me suis dit qu'il me fallait téléphoner à ma mère, à mon père aussi, pour leur demander pourquoi j'étais leur unique descendant : l'héritage était pourtant conséquent, il y en avait bien pour plusieurs sans se priver, mais je n'allais surtout pas me plaindre ou me montrer désagréable.

Mon préfet m'a tout de suite plu. Après que nous nous fûmes présentés dans le bureau de son directeur de cabinet, il désira connaître ce qu'un « Transalpin pouvait bien envier à la France au point d'y effectuer un stage administratif… » Sans réfléchir j'ai annoncé la gastronomie, les vignes, un écrivain mort et deux autres suicidés. Il apprécia l'ordre de mes priorités et me révéla que les seules véritables joies de sa fonction étaient ses repas de représentation et les banquets communaux, il me convia aussi à déjeuner et à l'appeler Jacky. En attendant de nous mettre à table, il vaqua à ses occupations et j'en profitai pour découvrir la ville en flânant. Il y avait là deux musées, dont un d'émaillerie limousine pour les initiés, trois restaurants dignes de confiance et une auberge renommée depuis 1897, aux multiples successions et à l'unique étoile ; et puis une librairie, où je rêvassai, sans me douter qu'un jour, dans d'autres librairies, je ferais la chasse à tout ce que Montherlant écrivit, jusqu'à sa moindre virgule, sa moindre rature…

Je rejoignis la préfecture aux alentours de midi trente. Le choix du préfet était de circonstance, il m'invita « Aux touristes », un établissement reconnu, à la sortie de la ville. Le propriétaire se nommait Châtain, il était chauve avec de gros sourcils roux et nous accueillit comme de vieux amis. Jacky, il insistait pour que je fasse honneur à son prénom, en étudiant la carte ressemblait à un enfant devant une vitrine de jouets à l'heure de la lettre au père Noël, l'image est certes classique, mais c'était objectivement cela : il y avait de la démangeaison, de la liesse, de l'espérance dans ses yeux, et de la larme en débord. Il ne m'avait pas abusé : la fourchette et le couteau en cocarde officielle, la serviette en drapeau et l'adrénaline calorique en bandoulière, c'était un mangeur, mieux, un républicain. Il me retira le menu des mains et m'engagea à me laisser guider. Nous sortîmes repus vers seize heures vingt. Monsieur Châtain, un autre vrai républicain, n'eut pas à insister beaucoup pour nous faire regretter de partir sans goûter son vieil armagnac. Comme nous étions très courtois, et qu'il était très fruité, nous l'avons terminé à trois. Et nous fûmes en retard à la préfecture pour le pot de bienvenue offert à tous les stagiaires… Les uns aux autres, nous nous sommes flairés, une coupe de champagne entre les doigts. J'aimais décidément bien ce pays qui savait manger, boire et recevoir.

Je devais me présenter au secrétariat général de la préfecture à neuf heures trente pour être formé à mes attributions passagères. A la même heure j'étais passager du train Guéret-Paris avec sa correspondance et arrêt buffet à Limoges… Serge Reggiani était responsable de ce revirement. Il n'était pas seul, le préfet était son complice. La veille, les présentations faites et le champagne éclusé, Jacky me retint à dîner chez lui. Il manifestait un grand intérêt pour la Suisse : l'un de ses ancêtres avait participé au congrès de Vienne qui concéda la neutralité à la toute récente confédération, automatiquement ça créait des liens, une obligation, des patiences. Je rêvais de dormir, je lui fus bon compagnon… Sa jeune femme, une artiste, sur toile et sur planches, elle était comédienne, et leur petite fille de trois ans dînèrent avec nous, elles étaient toutes deux extrêmement charmantes, je fus séduit. Après le dessert, Jacky m'entraîna dans la bibliothèque, il voulait me montrer quelques documents sur l'illustre aïeul que Talleyrand prit dans son bagage à Vienne. Les papiers et les fiches étaient d'époque, la fascination et la nostalgie plus actuelles, mais Reggiani, lui, était en quadriphonie. En fond sonore il réjouissait, enchanteur, les rayonnages surchargés et la généalogie distinguée de mon hôte. Jacky et Serge avaient chacun une de mes oreilles attentive, ce fut mon préfet qui soudainement eut toute mon attention. Depuis plus de trente secondes il restait muet. Enfoncé dans son fauteuil, il fumait en regardant le mur. J'ai cru tout d'abord qu'il était submergé par l'émotion, par l'excellence de son haut lignage et par son infériorité établie : préfet de la République quand un aîné fut un obscur porte-serviette de Talleyrand, ça vous foudroie de complexes et de repentance. J'ai cru aussi qu'il regrettait son siècle benoîtement gaulliste et qu'il se morfondait de l'Empire, plus flamboyant. A court d'hypothèses je lui ai alors demandé s'il se sentait patraque, s'il désirait que je me retire, s'il souhaitait une tisane. « Pardonnez-moi Thomas. Je me fais toujours piéger par cette chanson de Reggiani. » Il se leva, prit la télécommande, et me pria de l'écouter avec lui. J'étais dubitatif, il était ému, nous restions silencieux… Une fois la dernière note de musique dissipée, il se livra à une explication de texte. Je fus ému à mon tour ; lui, perplexe, quant à mon habilité à le comprendre puisque je n'avais pas d'enfant… En le quittant pour rejoindre mes quartiers dans l'Hôtel de la préfecture, j'appelai de mon téléphone cellulaire l'austère serveur vocal de la compagnie des chemins de fer. Un train partait de Guéret à huit heures trente-neuf.

Il avait une petite quarantaine d'années, sa fille en avait à peine trois et déjà il s'alarmait de son inévitable départ de la maison. Il était prévoyant, ou terriblement chevillé à elle, en tout cas il s'inquiétait, se faisait des cheveux gris. On pouvait y déceler un excès de romantisme exacerbé, on pouvait aussi y voir une mise en condition, un long entraînement pour être épargné quand surgirait le jour fatal et honni. Et s'il pleurait parfois, c'était préventif… Il entendait épuiser ses larmes pour ne pas les faire couler lorsque, dans quinze ans, elle franchirait sa porte avec ses valises pour s'en aller vivre sous un nouveau toit et s'abriter sous une autre aile. Il ne fallait pas le croire vulnérable là où il n'était qu'avisé ; précautionneux, tout au plus, diront les plus hardis… Lorsque Reggiani se tut, il me confia dans un souffle que cette chanson lui « donnait comme un coup de soleil au cœur », l'insolation subséquente descendait ensuite tout doucement vers son estomac pour le lui vriller et lui puiser l'eau des yeux… Après m'être assuré de l'horaire du train, j'avais tapé sur un moteur de recherche « Reggiani/Chansons ». L'ensemble de son répertoire était apparu sur l'écran de mon ordinateur et j'imprimai le texte de *Ma fille* pour le parcourir en route vers Paris… Nous venions de dépasser Vierzon, je pensais à Brel, au succès de *Vesoul*, alors j'ai lu. « *Ma fille, mon enfant/Je vois venir le temps/Où tu vas me quitter/Pour changer de saison/Pour changer de maison/Pour changer d'habitudes/J'y pense chaque soir/En guettant du regard/Ton enfance qui joue/A rompre les amarres…* » Il la voyait déjà s'émanciper et couper le cordon familial… C'était délicat, elle savait tout juste parler, encore moins préparer le petit déjeuner toute seule. Je me souvenais de l'air du refrain, moins de celui des couplets. « *Ma fille, tu as vingt ans/Et j'attends le moment/Du premier rendez-vous/Que tu me donneras/Chez toi ou bien chez moi/Ou sur une terrasse…* » Je les ânonnais, bercé par le roulis des boggies sur les rails… Puis, je fus distrait par deux adolescents, des Méridionaux, ils s'étaient installés derrière moi le temps d'une cigarette. Ils parlaient fort et discutaient du langage des signes, cette langue étrangère pour tous les entendants et les aveugles. L'un d'eux comparait la gestuelle à un ballet, à une chorégraphie des sons et du vocabulaire ; le second s'interrogeait et voulait savoir comment les muets parvenaient à se transmettre un secret sans qu'il ne soit saisi par un autre. Il y eut un silence, des réflexions, un suspense. Je trouvais cette question alléchante. « Des moufles. Lorsqu'ils veulent s'échanger un secret, les sourds et muets enfilent des moufles… » Nous avons tous rigolé, le wagon fumeurs s'est gondolé jusqu'au départ des comiques, des Varois, certainement… Un homme, à l'âme domestique, se mit à applaudir. Maintenant érudit dans les systèmes de cryptage, je déchiffrai les commotions paternelles du préfet. « *A vivre sous mon toit/Il me semble parfois/Que je t'avais perdue/Je vais te retrouver/Je vais me retrouver/Dans chacun de tes gestes/On s'est quittés parents/On se retrouve amis…* » Il allait devenir son meilleur copain, elle, sa copine adulée ; la mutation était heureuse et l'envol réussi… On les surprenait presque, un froid matin de janvier, faisant ensemble les soldes ; lui, refermant la porte du taxi qui la ramène chez elle ; lui, se tenant seul sur le trottoir, hébété, confus, égaré. Lui, amputé. Orphelin…

Paris se rapprochait. Jusqu'à Austerlitz, je fredonnai ce refrain… « *Mon enfant, mon petit/Bonne route… Bonne route/Sur le chemin de la vie/Nos deux cœurs vont changer de pays…* » J'imaginais mon préfet, ce tout récent père, écoutant et regardant pousser sa fille, en scrutant l'horloge d'un coin de l'œil, conscient que le mécanisme n'était pas démontable mais se jurant d'en retarder régulièrement les aiguilles…

Le téléphone c'est très pratique, mais l'échange peut souffrir de la contradiction ; le télégramme est certes plus désuet mais n'appelle aucune objection. J'optai pour celui-ci et mettais en valeur mon côté traditionaliste où l'écriture détrônait la parole. Au bureau de poste de la gare de Lyon, j'expédiai quelques mots, tenus à distance par des points, à la préfecture de la Creuse. Une contrainte, un devoir, une exigence : trois fois la même chose pour mieux souligner la fatalité de l'urgence et la nécessité de mon absence.

L'anguille était encore vivante. Avant de mourir elle se débattit. La tête tranchée par le poissonnier, elle bougeait toujours. Le corps morcelé en tronçons, elle se tint enfin tranquille et fut enveloppée dans du papier. Il n'y eut pas de combat : contre un homme déterminé et secondé par une belle lame, l'anguille n'a aucune chance. La cliente paya son puzzle et sortit. « Et pour le jeune homme ce s'ra quoi ? » Je lui ai demandé si les huîtres étaient bonnes. « J'suis pas un homme d'intérieur mais j'pense qu'elles le sont. » Il me fit en choisir une et me l'ouvrit. J'en pris quatre douzaines, ainsi que des citrons. « Vous avez une marine, chez vous, sur vos lacs ? » Poissonnier et géographe, il m'avait très vite situé. Je l'ai rassuré sur nos compétences et notre fameux pied marin en lui rappelant que la Suisse avait remporté la dernière édition de l'America's Cup, ce qui n'était pas trop mal pour un pays infirme de rivages. Le préposé à la marée était bon joueur, il s'avoua « touché et coulé ! », et m'offrit des huîtres supplémentaires… Je suis passé chez moi pour déposer mon bagage et pour déverrouiller les mollusques. J'ai préparé un vinaigre d'échalotes, je l'ai adouci avec un petit morceau de sucre roux. Comme je manquais de fantaisie ou d'imagination, je me suis rendu simplement chez Marguerite, d'une porte l'autre, avec le plateau de marennes en équilibre. La concierge en m'apercevant dans le hall se fit concierge, m'informa que ma carte postale était arrivée dans la matinée. « C'est beau ce que vous lui avez dit, vous devriez écrire… » Elle avait des références, des auteurs faisandés, elle caviardait les mouches avec, je pouvais donc la croire…

« Quand tu es parti, je me suis demandé si je t'avais suffisamment aimé, si je t'avais bien aimé… Si tu m'avais quittée rempli d'amour et heureux… » Je l'ai serrée dans mes bras, c'était la première fois que je le faisais, j'étais désarçonné, elle sentait le chèvrefeuille et le linge repassé, elle avait des bulles de tristesse dans les yeux et ses mains autour de mon cou. J'avais eu juste le temps de poser le plat à terre avant qu'elle n'essuie ses larmes sur mes épaules. Nous étions sur le seuil. Nous sommes donc rentrés, la nacre, le pendentif et moi. La figure est malvenue, je me protégeais. J'ai dit : « Marguerite nous allons manger des huîtres et ensuite nous irons faire les fous où vous voulez… » Elle a séché ses yeux. J'ai cru que j'avais inventé le ciel bleu… On a fait comme on a dit, on a mangé et on est allés faire les fous… Raisonnablement. Nous avons déambulé dans notre quartier, en direction de la butte Montmartre. En face de la basilique, une confrérie de grincheux s'appliquait à d'inquiétants hennissements avec des voix de stentors garrottés. « Darwin serait content s'il était encore parmi nous. » Je l'avoue, je n'ai pas bien saisi le lien entre l'éminent naturaliste et la meute de vocalistes animaliers. J'ai observé encore une fois l'énervement mais je restais dubitatif. Elle s'est mise à rire très fort et à applaudir. L'hystérie collective nous dévisagea, ce n'était pas affectueux, c'était venimeux. Ils étaient maints, nous étions deux. Je l'ai exhortée à l'aparté, pressée de me suivre. La horde reprit ses tressautements dans notre dos et nous enveloppa de son tollé. Elle me glissa dans l'oreille : « Le lien, le chaînon manquant entre le singe et l'homme : c'est le rappeur ! » L'évolutionnisme, une facette que je découvrais chez Marguerite… J'ai regardé par-dessus mon épaule, je les ai détaillés un à un. Ils étaient bien ces relayeurs entre le primate et l'hominoïde. Ils ressemblaient à des orangs-outangs endimanchés, le public leur faisant office de cage. L'après-midi s'annonçait étincelant, ne le fut pas, elle était mélancolique, je fus son confident. « Quand tu es parti, tu m'as tout laissé, même la terre, tout entière, mais ça, sans toi, c'est petit… » Elle ne manquait pourtant pas d'air, il y avait de l'espace autour de nous, je sentais qu'elle étouffait, j'étais embêté. Je l'ai entraînée sur les pelouses en pente douce de la basilique. Nous sommes demeurés silencieux un temps à toiser les cheminées et les antennes de Paris. Je ne croyais pas qu'elle vivait sur une autre planète, je me disais simplement que celle-ci ne l'avait pas accueillie comme elle aurait dû ; la vie lui avait été jetée autour du cou comme une chaîne. J'étais fâché contre cet arbitraire. Je ne pouvais rien faire pour l'en délivrer. Ou alors être à ses côtés et ponctuer sa tristesse, lui masser le cœur, et l'écouter parler à Nicolas. Le soir est tombé, ainsi que la pluie, nous sommes rentrés.

« J'ai gardé ça pour toi », et elle étala sous mes yeux une vingtaine de cassettes vidéo. La porte de son appartement refermée, elle était allée les chercher pour les déposer sur la table du salon. J'ai survolé la collection, consulté les jaquettes, il y avait deux décennies de performances cyclistes. L'année était inscrite sur la tranche avec le nom du vainqueur. Je présumais qu'il me faudrait les visionner toutes... Elle ne me le proposa pas, je fus soulagé. Elle me parla du Tour de France et de ce Monsieur Armstrong. Elle était en avance, le Tour ne débutait qu'en juillet, dans un mois. « Ton père et toi vous auriez aimé cet homme... » J'appris beaucoup sur ce sportif véloce. A l'heure des Trains à Grande Vitesse, j'étais étonné que tous ces joyeux bénéficiaires de congés payés puissent s'obstiner à les dépenser sur leurs bicyclettes en sillonnant la France par-delà des routes encombrées de caravanes, vers des cols de montagnes impraticables. Le cyclotouriste, l'été, doit s'insupporter, alors il affectionne ces longues bordées en essaim multicolore et polyglotte. Pour autant d'efforts et de tourments, on lui remettait à l'arrivée un gros lion en peluche. Je ne connaissais rien du monde de la pédale mais je trouvais l'exercice fort louable. J'étais attentif aux dires de Marguerite. Je me cultivais en abordant un univers de cuissards et de mollets épilés. C'était palpitant. Elle aurait été une excellente biographe de ce singulier Américain. Elle me fit l'historique de ses bravoures et de ses combats. De son très large record : six éditions d'affilée... Elle s'enquit de mon opinion. J'étais profane, le seul tour que j'avais suivi était le *Tour de Gaule*, un Astérix que mon père m'avait fait lire, enfant, pour que je découvre la France et ses spécialités de bouche. J'ai improvisé, par déductions. J'ai répondu que je n'étais pas surpris de la prouesse : « Un type qui sut dans un premier temps aussi bien jouer de la trompette que marcher sur la Lune peut gagner six Tours de France. » Marguerite m'a considéré avec bienveillance, je l'avais un peu déçue, j'ai rougi. Elle remisa l'anthologie des flâneurs juillettistes. Et me revint avec autre chose... J'ai cru que nous entamions la période vide-grenier, nettoyage de printemps et polissage des argenteries. Il n'en fut rien, heureusement, je n'ai pas une âme de brocanteur. Elle tenait entre ses mains un petit livre cartonné, la tranche était rouge et la couverture bleue avec une jolie tête blonde dessinée. Elle me le donna, et j'eus bien du mal à deviner le titre. Je l'ouvris, le feuilletai, et l'originalité s'imposa. La langue était inusitée, fantaisiste, pittoresque. Certaines peuplades des terres lointaines devaient bien la parler, sous couvert d'anonymat. Les Ø étaient barrés d'un trait diagonal et les A s'accouplaient aux E, faisant ainsi : Æ. Il devait en résulter des sons insolites. Pour un simple Helvète, ce sabir ésotérique, aussi sympathique fût-il, était par trop débraillé. Je compris enfin qu'il s'agissait d'un ouvrage de chansons enfantines. Une belle création, une aubaine pour un bouquiniste. « Un compagnon de chantier de ton père, un Scandinave, peut-être un Danois, ou un Norvégien, te l'avait offert pour Noël. Tu avais trois ans, tu ne savais pas encore lire… Mais tu étais fasciné par les lettres, par les dessins et leurs couleurs. Le soir, tu le prenais dans ton lit et tu chantais. Tu regardais les images et tu t'inventais des paroles en fonction des illustrations. Tu ne voulais plus d'autres livres, juste celui-là… Je devais te gronder pour te faire dormir, tu disais : "Encore une, je connais ! Je connais !" Et tu chantonnais, tu chantonnais… Tu avais tes préférées, celle avec l'arbre de Noël ou bien celle avec l'ange au-dessus d'un bébé qui riait, et puis celle avec les chameaux. J'aimais te regarder chanter et gigoter… Tu composais sans cesse de nouveaux refrains et des airs entraînants, tu les mimais en sautillant sur ton lit… Et tu riais… Je brûlais pour que ces instants et ces joies ne finissent jamais, je voulais m'en imprégner, les engranger, les figer au plus profond de mon cœur, je savais que tu allais grandir trop vite… C'est stupide, mais j'aurais aimé pouvoir arrêter le temps. J'étais égoïste, je prétendais profiter de toi le plus longtemps possible, que tu restes mon tout petit garçon… Te garder tout à moi. J'avais un peu honte de penser cela. C'était injuste… Je sentais que tôt ou tard tu allais m'échapper… Et puis je voyais tes yeux, il y avait déjà de l'élan et de l'escapade, j'étais heureuse et en même temps j'avais affreusement mal... Ton récital terminé, j'attendais que tu t'assoupisses pour te border et t'embrasser autour des yeux et éteindre ta lumière. Et je m'attardais, là, près de toi. Une fois, où je croyais que tu rêvais, je t'ai soufflé dans l'oreille que je souhaitais que tu ne grandisses jamais... Le lendemain matin, pendant que nous déjeunions, tu m'as demandé, pourquoi je ne voulais pas que tu grandisses ; j'ai répondu, pour que tu ne me quittes pas... Et tu m'as embrassée sur les joues... » Elle aussi avait dû voir *Love story* : pour ne pas pleurer, elle se mit à étudier le plafond.

Elle a continué à lever les yeux au ciel, obstrué par tous les planchers, les toits et les nuages. Elle m'a repris le livre des mains, l'a caressé et serré contre elle. « Un jour, tu m'avais annoncé vouloir apprendre cette langue pour comprendre ce que tu chantais, et puis tu as renoncé, pour que le mystère perdure... » Ensuite, elle changea de sujet et me raconta la mort venue frapper à sa porte. Ils étaient deux, comme toujours, la solennité va par paire. Ce n'était pas la police : c'était l'enfer. Elle comprit instantanément. Ils avaient une élocution malhabile et des postures empruntées. La transition fut abrupte. Je ne m'y attendais pas... Les policiers, une femme et un homme, certainement eux aussi parents, pâles, défaits, doux, lui apprirent l'accident avec des mots de chagrin : la route quasi déserte et sèche, le virage, la moto qui se fiche sous le camion, l'absence de traces de freinage, le chauffeur routier, qui hurle : « Il s'est jeté sur moi ! Il s'est jeté sur moi ! », et la mort cérébrale constatée, le fils de vingt et un ans à qui on prélève le cœur, les reins, les poumons, le pancréas, les cornées, plusieurs kilos de tripes encore fraîches, avant de rendre son corps… La faute au destin. Elle les plaignit d'avoir eu à la prévenir et les suivit à la morgue pour l'authentification de la dépouille. Devant la voiture, elle leur demanda de patienter, et refit le chemin inverse, prit l'ascenseur, ouvrit la porte de son appartement, chercha dans un tiroir quelque chose, et se laissa transporter jusqu'à l'institut médico-légal. Ses larmes, elle les garda pour Nicolas. Les employés qui la réceptionnèrent dans le sous-sol aux murs de faïence lui adressèrent leurs condoléances. Ils parlaient comme des formulaires administratifs, la routine et les moissons de cadavres avaient asséché toute forme de compassion. Le devoir accompli, ils sortirent le lourd brancard métallique de la chambre froide et soulevèrent le haut du drap : ils firent les présentations à la mort. Le visage et les chairs avaient été lavés, toutes les plaies recousues et ses cheveux peignés. Elle répondit alors calmement à la question : « Oui, c'est mon fils, Nicolas. » Elle demanda à être seule. Elle entendit les hommes se détourner, leurs pas s'estomper. Aussitôt, elle se vida de toute sa souffrance. Le visage et les cheveux de Nicolas furent noyés. Sourde, depuis que la mort s'entassait dans ses casiers, la salle encaissait l'écho des cris sans même s'émouvoir. Marguerite s'assagit alors, elle se fit sereine, méthodique. Elle lui souleva la tête et y colla la sienne, tout contre son front, ses mains cajolaient ses tempes et sa nuque. Elle lui parla doucement, comme pour ne pas l'intimider, elle voulait savoir s'il avait été bien aimé, s'il avait été suffisamment aimé ; elle se reprit avec un petit rire crispé, elle n'ignorait pas qu'on n'aimait jamais assez, qu'il y avait toujours des vides à combler, des ratés, des non-dits. Elle l'étreignait et se remémorait ses occasions manquées, toutes ces minutes où elle se fit violence, où elle résista pour ne pas l'étouffer de ses baisers et l'étourdir de son adoration. Elle retira le drap, le découvrit nu, observa le tracé des agrafes sur le torse, la couture imparfaite sur la cuisse droite, embrassa l'endroit où l'artère fémorale sectionnée avait laissé la vie le déserter, en quelques secondes. La police lui avait affirmé qu'il était inconscient après le choc, que la mort avait dû être douce, qu'il avait dû s'endormir sans s'en apercevoir ; mais que savait la police ? Elle effleurait les cicatrices, les embrassa encore une fois, tentant d'y déceler un goût de sang, essayant, admirable folle, d'insuffler de l'air dans cette enveloppe vide, là où aucune main n'avait su faire barrage avant que tout ne se dépeuple, avant que tout ne lâche… Enfin, elle le borda pour qu'il n'ait plus froid. Et puis elle s'emporta, lui saisit la tête entre les mains, hurlant et pleurant : elle exigeait une réponse, mieux : elle guettait le miracle. Il y avait de la colère en elle et plus aucune raison... Elle le supplia de réagir, de lui concéder qu'il avait été aimé comme il le désirait et comme il le méritait, elle voulait savoir si elle avait été une bonne mère ; elle qui l'avait chéri pour deux après la disparition du père et de l'époux... Voilà, ce qu'elle s'entêtait à lui réclamer : emportait-il dans sa mort une mémoire pleine de vie heureuse ? Une vie dont il se souviendrait éternellement ?

Blasé par l'exubérance des déchirements, un employé, nonchalant, approcha. Marguerite sollicita une chaise et un peu plus d'intimité... Du lugubre elle obtint les deux. Elle chercha un endroit où disposer son siège, ce fut près du front de Nicolas. Mais elle se releva aussitôt et prit place contre lui, sur la civière, mit sa main sur la sienne. La position n'était pas confortable, ses jambes balançaient sans atteindre le sol. Nicolas était glacé, Nicolas était rigide, Nicolas reposait, et il était beau. Peut-être pouvait-il encore l'entendre. Elle s'efforça d'éponger ses larmes et ouvrit le petit livre bleu à la couverture cartonnée. Ses doigts trouvèrent la chanson de l'ange. A présent, elle voulait chanter, et fredonner et vocaliser et encore chanter, pour qu'il se réveille, ne se rendorme plus. Le faire dans toutes les langues, sur toutes les intonations.

Sur la feuille, tant de fois devinée par Nicolas, la partition, les couplets lui étaient incompréhensibles. Sans que rien ne la commande, elle improvisa une mélodie et quelques rimes. Elle chanta comme Nicolas le faisait, et comme l'ange penché au-dessus du bébé, elle berça son enfant mort de cette incantation tragique.

Elle pleurait maintenant, et moi, à force de regarder le plafond comme jamais je n'en avais dévisagé un auparavant, j'aurais très bien pu les inventer… « Le pire, ce n'était pas de te perdre, ce n'était pas de ne plus te voir… Le pire, c'était de ne pas t'avoir dit au revoir… » Elle fit des efforts pour me raconter tout cela. Je dus en accomplir aussi pour lui ôter le livret de chants d'entre les mains, ses doigts étaient devenus blancs tant ils se crispaient autour de lui. Il me fallut bien du talent, bien de la pudeur, pour ne point l'étreindre. Et autant de bêtise pour ne pas l'avoir fait. Je jonglais, je m'occupais l'esprit, je m'escrimais à élaborer une attitude, celle de l'auditeur impassible, préférée à celle de l'affidé complaisant. Je me demandais où allaient les larmes après qu'elles ont coulé, et jusqu'où résonnaient ses cris longtemps après qu'elle a pleuré… Des choses comme ça, sans importance… « Tu ne réponds pas ? » Marguerite m'extirpa de mes considérations ontologiques. Il avait sonné deux fois déjà et je n'avais pas eu envie de décrocher. Je suis allé le chercher dans la poche de ma veste, j'ai écouté les messages. Ma famille me priait de la rejoindre le plus vite possible à Genève. J'appelai ma mère, je compris l'urgence, j'étais sur le départ.

Pour Guéret, c'était la gare d'Austerlitz, pour Genève, c'était la gare de Lyon, et pour l'Angleterre, c'était la gare du Nord avec une arrivée à Londres-Waterloo. Il ne fallait qu'être anglais pour oser donner à une gare un nom de défaite... Cette pique, je l'avais lue, j'y pensais et je souriais tout seul, j'en avais besoin. J'étais venu en France sous le prétexte fallacieux d'études administratives pour m'instruire des adresses de sa cuisine, et j'y apprenais la peine, le malheur et la mort. Le Train à Grande Vitesse méritait son label. Sa précipitation était exacte. Les Français avaient créé la première ligne afin de rejoindre entre elles les deux capitales de leur gastronomie : Paris et Lyon. J'épousais leurs émois permanents d'être en retard à un repas ; ce souci constant de se dérober à une sauce ou pire, celui de manquer le dessert... Ma préoccupation actuelle était d'être à l'heure à Genève. Je pris le train pour assister aux derniers instants de ma grand-mère.

A près de quatre-vingt-dix ans on a le droit d'être capricieuse, voire inconstante. Ma chère grand-mère l'était. Inopinément, elle décida de se soustraire à notre vie. Nous en fûmes surpris, puis contrariés, enfin, terriblement tristes. Elle avait été présente depuis toujours et je pensais qu'il en serait ainsi *ad vitam aeternam*. Le latin perdait sa primauté. Elle était un peu fantasque, là, elle dépassait les bornes. Peut-être était-ce son ultime fraîcheur, son irrévocable indépendance ? En tout cas, pour nous tous, il semblait extravagant qu'elle nous laisse tomber après tant d'années passées à nous aimer. Gamine, elle voulut être chercheuse d'or. A vingt ans, elle réalisa son rêve d'enfant, découvrit un filon : elle épousa un banquier. Ce fut plus rapide et moins salissant. A sa décharge, le pays en recelait un grand nombre ; tous fort beaux puisque fort riches. Mon grand-père possédait ces deux qualités non négligeables pour une jeune fille ambitieuse. Elle fut donc rentière à part entière, c'est-à-dire qu'elle dépensait l'argent qu'il s'obstinait à amonceler. Il n'en prit pas ombrage, il savait en tant que grand argentier comment l'engranger mais était inapte à le dilapider. Le couple trouvait ainsi son équilibre et leurs passions prospéraient. Hélas, comme tous ceux qui ne savent pas profiter de leur temps, celui de mon grand-père lui fut compté à partir de cinquante-six ans, la maladie l'emporta en deux mois. La nature est parfois cruelle, elle reprend ce qui ne sait pas être fulguré. Son trépas le fut, le testament l'était aussi. Grand-mère sombra dans les futilités : la nue-propriété, les voyages et le mécénat, l'achat de vignobles californiens ; sans jamais négliger l'éducation de sa fille : ma chère mère. Je n'ai pas connu mon grand-père, seulement en photos et en prodigalités héréditaires, même sa tombe je ne l'ai pas visitée ; ma grand-mère affirmait que j'aurais, plus tard, tout mon temps pour admirer une sépulture. Enfant, elle considérait que la fréquentation des pâtisseries ou des glaciers, des musées et autres endroits de magnificences était plus propice à mon édification qu'un charnier ordonné… Adolescent, j'étais moins glouton, elle se fit agent de voyages. Nous parcourions l'Europe dans sa voiture. L'été de mes seize ans, après mon opération chirurgicale, et pour fêter cette résurrection, elle accéléra jusqu'en Turquie, nous nous arrêtâmes en Syrie. A Lattaquié, elle ne voulut plus conduire, et nous prîmes un navire jusqu'au port de Trieste, en Italie. La traversée de la Méditerranée l'enchanta et l'été suivant nous traversâmes l'Atlantique pour aller visiter le pays des obèses, les Etats-Unis d'Amérique, à bord d'un porte-conteneurs qui louait ses cabines à des passagers qui, tous, se hâtaient avec lenteur. L'été de mes dix-huit ans, elle décréta ne plus me chaperonner et me pria de lui envoyer des cartes postales. Ce fut un été maussade, j'étais dans un kibboutz, je récoltais des fruits et des ampoules aux mains, elle réceptionna une collection de paysages en couleurs ; je sus que je ne serais jamais agronome ni collectiviste. A mon retour, je lui avouai avoir perdu une merveilleuse accompagnatrice. A chacun de mes voyages, elle recevait un bristol et des vues panoramiques pleines de soleil. Elle faisait la même chose de son côté. Nous devînmes philatélistes…

Je signais mes cartes d'un « A+ », et de mon prénom. Elle me demanda d'où me venait cette manie de certifier mes hommages par l'apposition de mon groupe sanguin… Cette grand-mère à qui l'on reprochait souvent de ne pas avoir les pieds sur terre et qui, invariablement, nous répondait : « Certains les ont ? Les pauvres ! », s'en allait supporter sur son corps le poids d'une terre qu'elle avait auréolée de son lustre. La vie était inexcusable : on aimait les gens mais on finissait toujours par leur marcher dessus.

Genève est l'endroit idéal pour déposer le bilan : métropole calme, on y meurt en paix… Sur le quai de la gare, mes parents m'attendaient. Nous nous sommes embrassés. « Elle t'espère », a simplement dit ma mère. Mon père nous précéda jusqu'à la voiture. Il n'eut pas d'excès de vitesse mais une ferme promptitude… Pendant le trajet, je songeai à Marguerite. Sur son palier, devant l'ascenseur, elle m'avait fait lui promettre quelque chose, je ne me souviens plus des termes de façon précise, tant je fus rendu stupide par l'évidence qu'elle m'énonçait : « Si vous avez été aimé par elle, et si cet amour vous a fait du bien, dites-le-lui. Surtout, dites-le-lui avant qu'elle ne s'en aille… » C'était la première fois qu'elle me vouvoyait.

« Merde, je vais mourir ! » Pour une femme d'une telle éducation, un juron c'était presque un mot d'auteur. Ma grand-mère n'a jamais rien réduit au tragique de son vivant. Sa propre mort n'allait pas bouleverser cet état d'esprit. Quand j'ai pénétré dans sa chambre, elle était adossée à une pile de coussins dans son lit. Je suis resté seul avec elle… « Je suis heureuse de rejoindre ton grand-père. J'ai pris tout mon temps, nous nous étions accordés entre nous. Il avait deviné que j'aurais ainsi plus de choses à lui raconter. Tu vois, de quoi alimenter nos conversations… » Je ne voyais plus, je pleurais tant.

Nous avons beaucoup ri à ses funérailles. Elle a dû être enchantée de son effet… Elle avait laissé à ma mère, non pas des instructions, mais une mise en scène préorchestrée. Le choix de la musique fut respecté à la note près. C'est d'ailleurs lui qui provoqua l'hilarité générale. Une grosse centaine de personnes étaient là, Dieu et ses brigades divines ne furent pas conviés à la cérémonie : « Restons entre honnêtes gens », insistait Constance… Je la prénommais ainsi depuis que j'étais en âge de parler : « Toi, c'est Thomas, moi, c'est Constance. Je ne t'appellerai pas *Petit fils-fils*, j'espère la même chose, si tu le veux, pas de *Mémé*, *Mamy*, ou *Grand-Mère*, la vieillesse est déjà une indécence… » Elle fut célébrée comme elle le projetait : avec ceux qu'elle chérissait, ainsi l'accueil à l'inhumation fut-il draconien. Pour échapper aux hypocrisies lacrymales, elle avait consigné la liste des indésirables qu'elle ne voulait pas voir à ses côtés lors de sa mise en terre. Il y eut des surprises, des mortifications, cinq incidents et quelques marchandages : aucune dérogation ne fut accordée. Le funérarium était comble. Ceux qui le désiraient prirent la parole, les éloges se sont succédé, drôles, éblouissants, délicieux. Enfin, ma mère mit la musique. Aux premiers accords, nous avons cru qu'elle s'était trompée. C'était très particulier, dansant, rapide et répétitif, loin des goûts de Constance. Les plus jeunes, les noctambules, ont d'emblée reconnu cette orchestration d'époque ancienne, celle d'un temps où faire de la gymnastique était hilarant : le disco suédois. J'ai regardé ma mère, j'étais contre elle, elle riait et pleurait en même temps. Alors, nous nous sommes tous laissé guider par cette déferlante et par nos frissons, nous avons hurlé pour Constance, la chanson du groupe AƎBA : « *Give me ! Give me ! Give me ! A man after midnight…* » Les noceurs et les polyglottes traduisaient le refrain autour d'eux, afin que son vœu soit exaucé et que chacun sache.

(…) espace engouffré dans l'instant
dans son propre interstice
dans la vacance de sa trame
pour que le temps s'abolisse
soudant tous les instants en un magma incandescent
appelé à durer
le temps d'une illumination (…)

Henry ZIPPER de FABIANI,
Eléments.

La jeune fille me toisait. J'ai rougi et dissimulé ma revue entre les pages de *La Tribune de Genève*. Déjà, au kiosque de la gare où je l'avais achetée – je garde en mémoire l'œillade complice du vendeur – j'avalais ma gêne ; j'aurais souhaité demander à mon père de me la procurer, je n'ai pas osé, j'aurais pu me grimer. *Vélo magazine*, c'est pas cochon comme gazette, mais ça situe vite le bipède, ça fait de lui un déchaîné avec des rêves de facteur, amant de la pharmacienne de surcroît. Préjudiciable lorsque l'on est, le temps d'une transhumance ferroviaire, l'attraction d'une demoiselle qui dévore *La Bicyclette bleue*... Je ne nourrissais aucune ambition de postier, je voulais juste faire l'important chez Marguerite, lui témoigner que j'avais des notions de draisienne, le Tour de France se lançait sur la route dans trois semaines, j'étais décidé à le suivre avec elle et à avoir de la conversation. En attendant, le Train à Grande Vitesse quittait la Suisse et fonçait en France. La vue appartenait à tout le monde...

Enfant, j'étais rêveur. C'était simple et peu éreintant, il suffisait de fermer les yeux ou de les laisser embrasser l'azur ; l'évasion à la portée de tous, en quelque sorte. Je m'imaginais certaines destinées : danseur étoile, astronaute, monte-en-l'air ou fumeur d'opium en Orient pour défier la gravité. Hélas, je dus déchanter, je constatai que j'appréhendais le vide. Il m'arrive de rêver encore, modestement et de façon plus terre à terre. Constance, lorsque je lui révélai mes vertiges et toutes ces espérances brisées, me fit apprendre par cœur cette phrase d'un auteur que je n'ai pas lu : Malcolm Lowry… Dans mon bureau à Guéret, pour mieux supporter l'étroitesse de mon état d'élève fonctionnaire, je l'ai inscrite en rouge sur un grand bristol que j'ai épinglé sur le mur derrière mon dos. Quand mon préfet l'a découverte, il l'a lue à haute voix : « *Il faut avoir les rêves assez grands pour ne pas les perdre de vue quand ils s'éloignent de vous.* » Il m'a simplement dit : « Nous en sommes tous là, Thomas. Tous… »

Je n'avais pas manqué à la préfecture et il n'y eut aucun reproche. J'étais un supplément importé, un luxe répandu, une promesse mise en orbite, bref : un stagiaire… Je ne faisais pas grand-chose, mais toujours avec pondération. On m'assignait des tâches pittoresques, ainsi ce rapport que je devais rédiger sur l'emploi dans la Creuse. Je savais qu'il ne serait jamais lu, je m'appliquai en retour. Je bénéficierais d'un emploi à vie et je dissertais sur ceux qui traînaient la leur dans l'espoir d'en décrocher un. Le marché du travail dans le département de la Creuse. Il est moins illusoire d'enseigner le solfège à un saumon d'élevage. C'est ainsi que je concluais mon exposé. Je cultivais, non sans plaisir, cet art de déplaire qu'on appelle la franchise.

Le Tour de France était depuis longtemps terminé et Monsieur Lance Armstrong avait remporté pour la septième fois consécutive l'épreuve. Les salonniers d'un quotidien sportif français doutaient de ses performances et lui assénaient des coups bas : il ne fallait pas trop leur en vouloir, ils étaient ordinaires, amers ; ils auraient tant aimé être journalistes… A défaut, ils confessaient les poubelles, humaient les urines.

L'indolence des vacances d'été prit fin. Mon préfet me demanda comment était la mer Adriatique. « Mouillée. »

Paris brûlait et l'Administration française ce n'était pas l'école du rire. Bien au contraire. J'étais désorienté. Les taudis de la capitale prenaient feu et toutes les préfectures du pays avaient reçu pour consigne de répertorier et de signaler l'ensemble de ces bouges insalubres. La besogne nous fut confiée, à nous les stagiaires… Très vite nous nous sommes aperçus que même les indigents se détournaient de Guéret. Seuls quelques troupeaux de bovins étaient mal logés mais cela n'entrait pas dans nos attributions. Ce constat établi, il nous fallait briller. Nous avons voulu élever le débat en abordant le problème différemment, proposer des solutions, en deux mots, être utiles… L'Administration se montra ingrate, sans le moindre sens de l'humour. Nous en fûmes contrariés, et très mal notés. Nous étions trois, deux nationaux, originaires de Marseille, et un étranger, moi ; nous devions nous montrer dignes du manque d'estime que nos directeurs de stage nous allouaient tout en nous maintenant au niveau de notre prétendue nullité. Nous fûmes à la limite de la disqualification d'office, tant nous étions bons. Il nous fut reproché d'être hors de propos, il nous fut plus que tout reproché de ne plus vouloir être des auditeurs d'actions ou des contemplateurs de discours et d'oser penser, à notre façon, à ces femmes et ces hommes pleins de fatalité.

Est-ce le pauvre qui est particulièrement combustible ou le travailleur immigré et dévoué qui est inflammable ? Avec mes deux collègues, Stanislas et Jean-Pierre, nous nous le demandions. La question était d'importance afin de mieux prévenir ces catastrophes. Je fus intronisé scribe. J'avais des dispositions pour les exposés écrits… Je fus élevé par ceux que mon père m'expédiait à intervalles réguliers, depuis ses contrées lointaines et déshéritées ;

nous y reviendrons… Une vocation précoce, donc, mais aussi un attachement pour cette bonne vieille langue française qui, avec grande vaillance, se plaît à mettre côte à côte aime et haine en plein centre de son alphabet. Ils me dictèrent leurs réflexions, j'écrivis en enjolivant… Cela nous fut fatal à tous les trois.

Stanislas partait d'un constat fort simple. « La propension du pauvre à se gaver d'aliments constitués de graisses polysaturées est l'un des facteurs essentiels de la propagation rapide des incendies dans les taudis. » Pour étayer sa théorie il mettait en exergue « l'excès pondéral du pauvre, qui, résultant de l'accumulation de tissus adipeux, doit surtout être regardé comme le générateur d'une matière comburante parfaite dès lors qu'elle est mise au contact d'une source d'ignition et ce, en dépit d'un point éclair particulièrement élevé ; en effet, qui ne s'est pas brûlé les doigts aux flammes intempestives dégagées par la graisse coulant sur un barbecue ? ». Il assurait d'autre part « que s'ajoutent à ce facteur prééminent d'autres sources d'inflammation potentielles qui découlent de l'existence de courants électriques vagabonds ou, plus sommairement, de la seule fermentation bactérienne qui, dans les taudis, peut suffire à échauffer le milieu et le placer dans des conditions d'amorçage d'un autoéchauffement ». Cela étant signifié, il préconisait avant tout « de tenir compte du retour d'expérience et de procéder dans l'urgence à la mise en œuvre de mesures élémentaires en application des principes généraux de préventions ».

En l'espèce :

— Evaluer les zones à risques et les classifier sur une échelle de 1 à 5. Cinq étant considéré comme D.E.A.D. (Danger Eminent Annonciateur de Désastre).

— Faire apposer visiblement sur chaque pauvre l'étiquette normalisée par l'arrêté du 08/07/2003 spécifiant la nature comburante de la matière.

— Ajouter des solides inertes aux aliments consommés par les plus démunis.

— Equiper chaque pauvre de thermographes à infrarouges permettant de détecter toute élévation suspecte de température.

— Pourvoir dare-dare l'ensemble du corps des travailleurs sociaux d'équipements de protection individuelle visant à mieux les protéger en situation d'exposition ; leur assurer une formation conséquente de sapeur-pompier et de nutritionniste.

Je fus élevé par correspondance, par mon père. Il était toujours ailleurs, c'est-à-dire, rarement à la maison. Je le voyais entre deux missions, tous les neuf mois. La Suisse est un pays fort riche, il lui incombe d'aider les pays pauvres à l'être un peu moins. Cette tâche revenait en partie à mon père, détaché par le ministère des Finances et mis à la disposition des organismes internationaux. Une besogne inique, il n'y avait que lui qui s'enrichissait, à chaque expatriation, son salaire triplait, cela élargissait encore plus le fossé avec ses interlocuteurs en voie de développement. Un bon travail : les saisons froides au chaud, la saison sèche au frais, à Genève. Son absence eut toutefois un avantage : j'appris à lire très jeune, et à connaître la géographie, les pays du Sud. Mon père n'écrivait pas, il donnait ses consignes. Je crois qu'il y mettait de la tendresse, enfouie sous la fermeté des propos, ses lettres étaient des modes d'emploi, des vade-mecum. Il me professait la vie à distance, ma mère gérait les détails, les ajustements de mon éducation. Je lisais et j'appliquais les règles. Quand il rentrait, il constatait avec bonheur la prépondérance de ses instructions. C'est étrange, ce sentiment d'être éduqué par l'intermédiaire du facteur. J'ai conservé toutes ses lettres, un jour j'en ferai un livre à usage des prisonniers, des marins et des pilotes de ligne, des explorateurs ou des hommes qui se perdent en chemin. Tous ces pères à temps partiel.

Jean-Pierre fit l'impasse sur la déplorable hygiène alimentaire et son corollaire ignifiable. Il était notoire qu'il fallait agir directement sur l'habitat et surtout sur le moral des plus défavorisés. « Il faut que le pauvre se sente moins pauvre. Et bien plus encore, qu'il atteigne la sensation d'être riche. Je dis bien *sensation*. Il ne s'agit pas d'abuser de leur mauvaise fortune. » Pour asseoir cette fameuse *sensation*, il convenait « d'installer des piscines sur les toits de chaque taudis. Bassins à débordement avec vue comme il se doit. Ces travaux seraient confiés à des entreprises marseillaises ». Ce détail est important, il y tenait beaucoup. Les habitants des taudis n'auraient pas la possibilité d'avoir accès aux piscines, « mais ce standing, bien inattendu, ne manquerait pas de leur mettre de la joie au cœur. Premier objectif atteint : le pauvre a la *sensation* d'être riche ». L'utilité seconde de ces retenues d'eau apparaîtrait en cas d'incendie : « L'échauffement général des matériaux se propage vite jusqu'aux fondations de la piscine sur le toit. Ces travaux réalisés par des entrepreneurs marseillais seront non conformes aux normes de résistance. (Comment faire de l'argent au noir si on ne triche pas sur la qualité des matériaux.) La suite se devine : le plancher de la piscine cède et s'éventre, des milliers de litres d'eau s'écoulent soudainement à l'intérieur des taudis. Deuxième objectif atteint : l'ignition du pauvre cesse. » Ces mesures audacieuses se télescopent à un problème récurrent. « Les récents événements survenus à La Nouvelle-Orléans ayant démontré la faible flottabilité du pauvre, les taudis seront équipés de bouées ignifugées et fluorescentes. Il serait en effet stupide que notre pauvre, échappé des flammes, termine noyé dans sa cave, entraîné par la cascade d'eaux chlorées déboulant d'en haut. Toutes ces belles familles barbotant avec leurs bouées, quelles scènes charmantes ! Inoubliables ! Qui a fréquenté les plages de notre beau pays aura remarqué que les pauvres adorent la baignade en groupe, bien compacte, et bruyante si possible. Enseignement : l'incendie n'est plus un drame. Il devient alors une sympathique réunion de quartier, au bord de l'eau. Il est créateur de lien social. » C'est Jean-Pierre qui a insisté pour que j'adjoigne une anecdote personnelle. Il est contraire aux mœurs de la fonction publique qu'un de ses agents sorte de sa neutralité, de cette cinglante impassibilité qui fait la fierté et le renom de l'Administration française bien au-delà de ses frontières. Mais j'ai un côté servile, je l'ai déjà mentionné. J'ai fini par céder. « Monsieur le Préfet, j'ai moi-même subi un feu dans mon immeuble. En tant que membre de la classe moyenne, tout autre fut mon comportement : je ne me suis pas transformé en torche humaine pour qu'on parle de moi dans les journaux, j'ai eu la décence de ne pas courir à la rencontre des pompiers dans la cage d'escalier pour les accueillir avec force simagrées et déversements affectifs en leur ouvrant une voie dans le brasier ; bref je n'ai pas fait mon intéressant. J'ai attendu les secours calmement, relisant à l'occasion certains passages de *Critique de la raison pure* et lorsque, enfin, on m'a sorti de ce piège à con, le médecin a parlé :

"— Vous titubez ? Vous avez mal à la tête ? Difficulté à vous concentrer... ?

— Euh... Oui !...

— C'est le monoxyde de carbone… On va vous évacuer vers les urgences…

— Docteur, vous me rassurez… J'ai cru que je ne supportais plus le gin-tonic !" »

Je dois l'admettre : si mon père m'avait écrit ainsi, c'est-à-dire de façon plus badine, ma solitude eût été moins difficile à supporter quand j'étais enfant, et son absence plus légère. Les cachets de la poste n'ont jamais failli, en revanche, lui, m'a beaucoup manqué. Mon père était du genre « Fiche ». Il y en avait pour tout et sur tout. Le maintien, les principes à observer lors d'une conversation, l'hospitalité, les visites et leurs convenances, la toilette et la prise d'habit, les mille façons d'agir en diverses circonstances, les cadeaux, l'art épistolaire et toute la gamme des bristols, les remerciements, la reconnaissance… Parfois, j'étais un peu barbouillé par ces lectures indigestes, et ma scolarité était multipliée : l'école le jour et mes cours par correspondance le soir. Chacune de ses notes se terminait par un conseil, une maxime. « Ne jure jamais, ne prête jamais serment, notre époque est celle des opinions volatiles. » C'est la seule que j'ai retenue. Ma mère lui demandait souvent de faire un effort, de renoncer pour un temps à ses expertises à l'étranger. Il s'exécuta, lors de mon inscription à l'université, quand je pris un studio à proximité. Là, certainement épuisé d'écrire, il me parla beaucoup, toujours au téléphone. C'est comme cela que nous avons appris à nous connaître. A ma majorité. Je ne m'en plains pas, certains enfants n'eurent pas cette chance.

Notre travail collectif de réflexion fut diversement apprécié par la hiérarchie de la préfecture de la Creuse. J'entends par *diversement* les vexations et les malins supplices que nous dûmes subir. Nous fûmes ainsi obligés de disséquer le *Journal officiel*, d'assister à deux colloques sur l'urbanisme dans la promiscuité, et de subir l'affreux « 20 heures » de TF1 durant une interminable semaine, et son imbécile dramatisation des drames, afin de mieux nous familiariser avec le malheur des uns et le journalisme poissard des autres... Nous sûmes que pour faire carrière, il était préférable de barbouiller des phrases sans conclusion. Stanislas et Jean-Pierre quittèrent leur Ecole Régionale d'Administration avec de mauvaises évaluations. Stanislas se vit donc proposer l'inspection du travail à Marseille et Jean-Pierre démissionna de la fonction publique... Aux dernières nouvelles il est marin, à quai, dans le vieux port de cette même ville, capitaine d'un bateau, *Le Yacht*, transformé en salle de bal et belle aire à réceptions prestigieuses... Quant à moi, l'étranger, je poursuivais mon stage, j'avais été échangé, la Suisse détenait un gage, on ne pouvait pas m'éliminer ainsi : « L'Etat a si peu de mémoire, c'est ainsi qu'il sait continuer. » Et puis Jacky m'aimait bien, je crois, il fut conciliant. « *Il faut donner du temps au temps.* » Il citait parfois cet auteur pétainiste français, un moment Président de la République, qui empruntait ses bons mots au cardinal de Retz.

Je nourrissais des doutes sur mon avenir. Il me semblait que j'étais dépourvu de ces qualités qui forgent le parfait fonctionnaire... Caractères précieux pour une administration qui a besoin, pour la servir, de ces êtres qui ne cherchent jamais à pénétrer la signification des actes qu'on leur impose, ni à regarder au-delà de la fonction dont ils sont revêtus.

Marguerite m'avait envoyé un joli petit mot à la Préfecture. « *Je ne manque à personne. Mais ce n'est pas grave. J'ai déjà passé un bon moment. Un bon moment autrefois.* » J'ai compris qu'elle était fâchée, elle ne citait pas l'auteur, à moi de le deviner... Marguerite était fidèle à la Poste, qui lui assurait sa retraite. Pendant le Tour de France, je recevais régulièrement les articles d'un Monsieur Le Touzet. Leur lecture m'apportait mon premier bonheur du jour... Je le faisais savoir autour de moi en distribuant des photocopies à tous les fonctionnaires, ma réputation était faite, j'osais tout. Même ceux qui ne s'intéressaient pas au vélo appréciaient la malice des comptes rendus du journaliste. L'un d'eux, écrasé de certitudes, me reprochait ma complaisance envers la tricherie médicamenteuse et la suspicion qui contaminait le peloton. « Le dopage est au sport ce que les effets spéciaux sont au cinéma : une sorte d'outrance du spectacle, une amplification imposée par notre temps. » Le dogmatique leva les yeux au ciel ; pris de vertige, il fit une vrille et s'écrasa dans ses dossiers. Il ne m'adressa plus la parole.

Je n'avais pas beaucoup parlé avec Marguerite durant l'été. Deux fois, peut-être cinq. Je lui avais expédié un grand nombre de cartes postales... Guéret en juillet, Genève la première semaine d'août, Dubrovnik et Split le restant du mois, où je passai mes vacances au bord de l'Adriatique. Plus près d'une jeune fille, Boba, que des eaux chaudes. Je tenais de mon père ce goût des belles étrangères. Une bizarrerie fort adéquate pour la découverte de langues étonnantes aux alphabets abrupts. Celle de Boba était vivante, je fus comblé. Je la présentai à mes parents, de retour à Genève. Sans surprise, mon père voulut se mettre illico au serbo-croate : « Pour prendre langue... », disait-il à ma mère, qui se mordait la sienne devant une telle forfanterie... Il rangea sa langue dans sa poche, et par la même occasion, mes valises dans le hall d'entrée. Pris de remords, il les monta dans ma chambre.

J'ai longtemps soupçonné mon père de se rapprocher enfin de moi depuis que je m'intéressais aux jeunes femmes. Je me suis ravisé, nous avions en commun ce lieu de passage obligé, cet agréable terrain de prédilection ; il eût été sot de tout gâcher... La somme de tout son enseignement à distance se retrouvait dans la façon dont j'abordais les filles... Il me le faisait comprendre. A demimot, je lui devais mes succès. Je le laissais dire, comme on abandonne à un nécessiteux les miettes d'un festin.

Marguerite m'irritait. Pour parler comme les jeunes des cités arc-en-ciel, elle me gonflait. Je ne parvenais pas à sortir de cette histoire. Au début, passer pour le fils que je n'étais pas m'avait amusé ; comme une expérience distrayante de la schizophrénie. Désormais je trouvais la pitrerie pathétique... Grâce à elle j'avais rencontré la grande et jolie Boba, je relativisais mon ennui. Je l'avais abordée par la bande, prétextant ma relation avec la vieille dame. Boba travaillait pour une association de veuves de guerre. A peine nous étions-nous abordés que nous nous sommes détestés. Elle m'avait présenté ses protégées comme des « *victimes innocentes de la guerre* ». Cette formulation candide m'horripilait, à mes yeux, l'immense majorité des hommes qui combattaient devait être déclarée victime innocente de la guerre. « Au nom de quoi sont-ils victimes ? » m'a-t-elle demandé, interloquée. « Parce qu'ils sont tous obligés de se battre ! » Elle restait dubitative, je demeurais ferme. Depuis toujours les hommes n'ont pas d'autre choix que de se dérouiller en temps de guerre, ils sont incorporés de force dans les armées et s'ils le refusent, ils sont exécutés sur-le-champ, catalogués traîtres, lâches, planqués… « Le seul espoir qu'ils ont pour exister encore un peu est celui de s'étriper. » Voilà à quoi ils sont soumis depuis le début de l'humanité : pour survivre, ils doivent s'assassiner. Heureux destin ! Chez ces hommes-là, il y a aussi de l'innocence massacrée. Elle fut un peu ébranlée ; nous décidâmes de nous revoir dans la soirée pour en débattre.

Quand elle m'a confessé aimer Mozart et les Beatles, j'ai voulu savoir où elle en était avec son cancer. Elle s'est mise à rire, ses cheveux noirs dansaient sur ses épaules. Nous avions la même solide culture cinématographique, un bon point. Lorsque je me suis aventuré à lui prendre la main après le dessert, des baklavas qui dégorgeaient leur miel, je les ai ignorés pour ne pas avoir les doigts collants, au contact de sa peau, je me suis dit que la guerre et la mort nous avaient réunis telle une entremetteuse bien improbable ; nos accointances s'étrennaient sous un patronage prospère. Une fois chez elle, je fus surpris par la quantité de livres de photos sur la tragédie de son ancien pays, petits formats et grands formats, en couleurs ou en noir et blanc, de l'art, comme autant de preuves du désastre. « Il nous fallait survivre… Je n'avais pas le temps de faire des photos, d'autres les ont prises… Je les regarde souvent, elles n'ont jamais fini de dire ce qu'elles ont à dire... » J'ai hoché la tête, je ne savais pas quoi répondre. Elle m'embrassa, je n'ai pas protesté, mon côté complaisant, évidemment...

Boba avait trois ans de plus que moi, en paraissait quatre de moins, mesurait un mètre quatre-vingts, ce qui en ex-Yougoslavie constitue une bonne moyenne, et parlait cinq langues. Ce n'était pas un don, c'était un miracle de la nature, un de ces moments où elle se montre audacieuse, où elle s'essaie à ce qui devrait être ; avec Boba, elle se fit prodige, ouvragea sans renâcler et l'affina conforme à son rêve : deux yeux de biche posés sur deux longues jambes, Boba lui fit honneur en distançant ses espérances. Je jouissais de ce chef-d'œuvre, la vie était aimable. Je m'attardais toutefois dans les lenteurs, je songeais à mon père, grand agioteur d'agréments, qui affirmait que la beauté est dangereuse, qu'il faut en extraire le charme, sans en accepter l'empire... Je pensais aussi qu'à certains moments, il était convenable de ne plus écouter ses parents... La première nuit où je dormis avec elle, chez elle, je vis une multitude d'étoiles au plafond de sa chambre avant de fermer les yeux... La chère Boba avait, pour être pudique, un tempérament, des dispositions et même des virtuosités, pourtant au matin je fus déçu en découvrant toute une constellation de gommettes fluorescentes collée au-dessus de nos têtes. Les lauriers revenaient à l'illusion. C'était moins poétique, plus prosaïque ; cela n'ôtait rien à la vaillance de la jeune femme.

Je rêvassais aux charmes de la jeune Boba lorsque le téléphone sonna. Le planton de la préfecture m'informait qu'une dame me réclamait à l'entrée et qu'elle refusait de s'annoncer. Je ne nourrissais aucun doute quant à son identité. Je me levai et allai à sa rencontre… Elle arrivait de Paris, changement de quai et de train à Limoges vingt-cinq minutes d'arrêt. Une petite valise à la main, elle stationnait face à l'entrée du bâtiment, le cerbère mensualisé avait jugé bon de la faire patienter à l'intérieur. Il eut droit à mes foudres. Marguerite s'excusa de me déranger, je la rassurai : on ne dérange jamais un élève fonctionnaire, on l'extrait de sa mélancolie, pour un temps. Moi qui n'avais manqué de rien, à part mon second rein à la naissance et peut-être de chance parfois, et aussi une correspondance, lors d'un conflit social, je fus absolument désarmé lorsqu'elle me confia que Nicolas lui manquait. C'était la seconde fois qu'elle s'adressait à moi sans me prendre pour lui. « Thomas, Nicolas me manque. » Je lui ai assuré que je connaissais un hôtel charmant et que j'allais lui prendre une chambre. La numéro 3 lui fut attribuée, dotée d'un joli balcon et d'une baignoire en cuivre avec les pieds en palmes de cygne. Je suis retourné au bureau parfaire mon exercice de figuration. Nous sommes convenus avec Marguerite de dîner ensemble vers vingt heures, l'hôtel avait, paraît-il, une assez bonne table. J'avais d'ailleurs embarqué la carte pour l'étudier entre deux dossiers en attente… Ça, je l'avais bien appris : il ne fallait jamais se hâter dans le traitement d'un dossier, il était indispensable que le temps consacré à résoudre une affaire soit synonyme pour l'administré de formalisme, d'égards, de labeur et d'opiniâtreté… Il avait ainsi une meilleure estime de nous. La durée était notre seule alliée, un gage de sérieux. L'agacement du requérant était notre satisfaction, pour lui c'était la caution de la solennité portée à sa personne. Un dossier réglé en deux temps, trois mouvements était considéré bâclé, nous en recevions l'ingratitude de plein fouet. La lenteur était la vertu originelle enseignée, sa clef de voûte : l'écorner, et l'édifice s'écroulait… Je veillais à ce que rien ne s'effondre, intégriste de l'immuabilité…

Je n'imaginais pas connaître le vertige face à un mot. Cette sensation physique de chuter en éprouvant son étendue, en effleurant tout le désastre qu'il contenait. Je ne savais pas qu'un mot pouvait cacher une idée insupportable d'abandon, une infamie où l'on se noie chaque jour un peu plus, où la folie chemine seule, telle une graine dans un sol où germe la mort… *Manquer*. Un mot qui rend fou. Le plus misérable, certainement le plus inacceptable de la langue française… Ce n'est pas un verbe d'ailleurs, c'est un puits sans fond, impossible à combler, insondable pour toujours. C'est abyssal, authentique forage des nerfs, de l'âme, sans l'endurer, il est difficile d'entrevoir sa profondeur tellement c'est à pic… Marguerite m'instruisait de l'envergure de ce mot. Elle essayait par ses bouts de phrases et ses esquisses de me faire sentir cette brûlure intransmissible, cette désolation incompréhensible pour celui qui en est, par bonheur, épargné… Je n'avais pas touché à mon assiette, j'avais commandé une raviole ouverte de céleri, un plat prétentieux avec des moules et des coques perdues dans une julienne de légumes. Marguerite, elle, se tenait droite au-dessus de son abîme, elle tanguait dangereusement. Elle avait les yeux dans le vague, ses bras pendaient le long de sa chaise et semblaient chercher un appui. Je me suis déhanché, une fois à gauche, une fois à droite, et ses mains se sont retrouvées au creux des miennes. Je les serrais très fort, et plus je les caressais, plus elle se dégageait de son hébétude. Comme s'il fallait presser les chairs pour en extraire la vie. Maintenant, elle me vouvoyait, elle le faisait du reste depuis son arrivée surprise à Guéret. Et puis elle me prénommait Thomas, je me retrouvais enfin, cela me réconciliait avec moi-même…

Sa formulation était certes quelque peu convenue, pourtant je l'appréhendais ; ce qu'elle ébauchait, la perception du vide que l'absence inocule, par bonheur, je n'en fus pas épargné… Mon père, dispersé sous différentes latitudes, en fut le promoteur... J'avais des connaissances, une vague idée de ce que Marguerite pouvait ressentir. Seule la profondeur de nos gouffres était dissemblable. Enfant, je bénéficiais d'un fameux avantage : un calendrier. J'y cochais la date du retour de mon père. Entre deux, je l'attendais, plein d'espoir. Un jour, ce fut déroutant, alors que j'étais sans plus d'illusions, il rentra à l'improviste... Il resta plusieurs semaines auprès de moi à l'hôpital, m'aidant de toutes ses forces à ne pas mourir. Soudainement, la mémoire lui était revenue, et cela malgré la multitude de ses décalages horaires : il se souvenait qu'il avait un fils. Un fils *unique*. En tout cas suffisamment pour qu'une équipe médicale s'acharne à le sauver. Ce brusque réveil de son instinct paternel me toucha beaucoup, ne voulant pas le décevoir, je lui fis plaisir, je m'accrochai...

Un serveur nous fixait, je le suspectais de me suspecter d'être un gigolo, un toutou pour vieille dame argentée, un objet à galipettes tarifées. Peut-être, des confins de sa servitude, m'enviait-il, son visage était si disgracieux ; on pouvait certes apprécier l'exploit, encore fallait-il aimer l'art moderne ou le cubisme, à bien l'observer, soudain, on se sentait devenir charitable, le pourboire devait lui être lâché en aumône. J'allais être seigneur avec lui. Marguerite, elle, l'ignorait... « Le manque, l'absence, ne s'estompent pas, on pleure juste moins souvent, sans doute… On avance, on continue, de plus en plus transie, écrasée… Mais la paix on ne la retrouve jamais… C'est une consolation perdue… La mémoire ne collabore pas avec l'oubli… Au contraire, elle ressasse tout… Et puis, il y a les rechutes, elles vous tombent dessus, et la douleur est toujours plus inouïe, on croit en avoir fait le tour, mais on a l'impression qu'elle élargit son territoire, qu'il est sans fin, qu'il n'y a plus d'horizon, et c'est ça qui terrifie, qui paralyse. Chaque rechute est plus exagérée, plus forcenée, plus insurmontable, et puis on la traverse, jusqu'à la prochaine, encore plus barbare… On vit dans une perpétuelle angoisse, dans la panique. Cette peur, elle ne s'apprivoise pas… On reste internée pour la vie dans sa douleur, c'est une nasse où l'on croupit, les pieds et les poings liés… Nicolas revit dans mes rêves… Même quand je ne rêve pas. Dans sa nuit, mes nuits se fondent, et chaque matin je me lève en sursaut, déçue. Parfois, il m'arrive de le sentir, je suis certaine qu'il est là, là tout près de moi, j'aimerais que ce soit plus manifeste, plus évident… J'essaie de me rapprocher de lui, qu'il vienne plus près ou qu'il se colle à moi… On attend des signes, des petits gestes, on est à l'affût… J'écoute les silences, je guette un petit clin d'œil… Je regarde souvent le ciel, je sais qu'il n'y est pas, je l'ai enterré, je l'ai vu descendre sous terre et cette terre le recouvrir, mais on nous a toujours fait croire à ça, au ciel, alors on s'y accroche, ça fait du bien. A Paris, je grimpe aux sommets des bâtiments les plus hauts, je cherche une lucarne, un bout de fenêtre, comme ça, pour jeter un petit coup d'œil, apercevoir un indice. Peut-être que lui aussi, là-haut, il se penche et regarde en bas. Peut-être qu'on s'observe... Je me dis ça, quand je marche dans les rues, quand je lève la tête, je sens ses yeux sur moi... Et puis c'est drôle, j'ai la tête tordue vers le ciel, longtemps, je scrute, je fouille, alors des inconnus m'entourent, et eux aussi inspectent les cieux, ils se demandent ce que je vois, ce que je m'efforce de voir, et puis ils repartent, ils me croient folle... Quand ils seront à ma place, ils comprendront... Je me dis que le ciel est si encombré, si plein de morts qui manquent à des désespérés, que fatalement un jour viendra où il y en a un qui retombera, qui crèvera les nuages et se posera tout doucement. J'espère que ce sera mon enfant, que ce sera mon amour. C'est futile, mais ça m'aide. » Je lui ai servi de l'eau, j'ai dérangé le bel ordonnancement de la table et les fleurs, j'ai repris ses mains. « Nous ne nous sommes jamais vraiment parlé avec Nicolas... Les mots qu'il attendait, je ne m'en approchais pas... Je crois qu'il pensait que c'était à cause de moi qu'il avait perdu son père quand il était enfant... Ils m'ont dit que c'était un accident, qu'il avait glissé... Je ne sais pas. Je me sentais coupable. Un jour, un homme est arrivé, et j'ai enfin su... » Des pouces, je lui masse la paume, ses mains sont tièdes, elles tremblent, comme celles d'une convalescente, ses veines forment des rameaux gonflés de sang… « Nous n'étions pas bien bavards chez nous, pourtant j'avais l'expérience des mots, c'était mon métier *aux Télégraphes*, je jonglais toute la journée avec eux, j'en trouvais même pour quelques indécis, je voyais défiler des modèles de phrases pleines d'amour et de passion, mais elles n'étaient pas les miennes, j'hésitais à les employer… Parfois, je les recopiais sur des petites fiches bleues, j'avais l'impression de les voler, d'en détrousser leurs destinataires, de m'attribuer leur intimité, je les ramenais à la maison et je les lisais à voix haute, pour les apprendre par cœur… Mais les mots des autres ne sont pas forcément les vôtres… Je n'étais pas tragédienne, juste une porte-parole salariée, une entremetteuse de la Poste qui savait écrire, toutes ces belles phrases n'étaient pas dictées pour moi, je me sentais incapable de m'en inspirer… Je sais que je n'ai jamais su trouver les mots que Nicolas attendait de moi. Il y avait des silences qui disaient : Parlons-nous ! Mais le premier mot ne sortait jamais… Son regard, lui, m'écoutait… Aux guichets, j'entendais des hommes et des femmes, exercés à prononcer des tonnes de "Je t'aime" avec des pointes, des métaphores ou des tournures des plus insolites, souvent j'en étais écœurée de tous ces déballages de joliesses et d'affection, et moi, j'étais toujours réduite au mutisme avec Nicolas. J'étais jalouse de cette éloquence… Les annonces de décès me reposaient… J'avais proposé à mon chef de service de construire deux guichets : le premier affecté au “Bonheur”, et le second au “Malheur”. Il me dévisagea et souhaita savoir si je n’étais pas un peu surmenée… » J’ai demandé à Marguerite pourquoi elle était si seule, où étaient passés sa famille et ses amis ? « Ils ont fui, les uns après les autres… Le malheur vous isole, certains le croient contagieux, alors ils détalent, ils ne veulent pas être éclaboussés, ils sauvent leur peau… Et il y a aussi les superstitieux qui considèrent que le malheur porte malheur, que le chagrin est une malédiction qui s’infuse chez ceux qui en sont témoins… Les gens deviennent amnésiques, ou sur liste rouge ou aux abonnés absents, on ne vous rappelle pas, vous êtes oubliée, on vous évite. Comment leur en vouloir… La souffrance, ça ne se partage pas, ça se délègue, un temps, et il y a peu de volontaires pour accepter de débiter le fardeau, et le porter avec vous… Les plus attentionnés vous agitent l’avenir qui doit se poursuivre, mais on n’y songe plus, c’est de l’ombre dans du vent, on est entravée par ses souvenirs… » Frankenstein s’approcha de nous et s’informa d’un ton suave de la qualité de nos plats, intacts et maintenant froids. Je répondis que nous préférions parler plutôt que de parler la bouche pleine et que nos quatre mains étant liées, cela ne facilitait pas la gloutonnerie. Il pirouetta avec nos assiettes. Je me suis retenu de le questionner, je désirais savoir si sa famille, sa mère peut-être, avait posé pour Picasso, ou son père pour Bacon. Sa place était décidément dans un musée… « Quelquefois, il est là, devant moi, presque palpable, et je lui parle. C'est comme rentrer d'exil pour lui et moi. Je lui parle de mes silences, cette culpabilité honteuse, de mes regrets, je lui dis enfin ce que je n'étais pas en mesure d'exprimer lorsqu'il était vivant, et quand je le vois, et qu'il m'écoute, les choses sortent d'elles-mêmes, et alors je me sens fondre et je me sens revivre… Et puis je regarde ses photos, durant des heures, je les touche du bout des doigts et je les embrasse, elles sont banales, des photos qui ne représentent pas de grands moments, juste des clichés de tous les jours, des scènes routinières, je ne soupçonnais pas qu'en les prenant elles étaient uniques et que chacun de ces petits moments était exceptionnel… J'embrasse du papier glacé, des images sans relief, sans haleine, c'est effrayant de sangloter sur du papier, de le presser sur sa poitrine et d'implorer un battement de cœur en retour… Ces papiers ce ne sont que des ressemblances, des contrefaçons de l'exactitude, des vanités, comme des amarres qu'on ne sait plus détacher, ou comme des rituels d'illusions… On engrange des photos pour se remémorer plus tard des époques, au lieu de se cramponner à l'instant où elles sont prises, l'obsession du futur et de la perte de la mémoire prennent le pas sur le présent quand on presse sur le déclencheur de l'appareil. On emprisonne, on glorifie des moments, on outrepasse presque les lois de la nature…

Nicolas n'aimait pas être photographié, il bougeait tout le temps ou tournait la tête ou grimaçait, je suis désolée de lui avoir imposé cela, j'aurais dû me contenter de le dévorer des yeux… Il se serait gravé dans ma mémoire bien davantage qu'une simple photo sur laquelle on pleure des années après… » Elle me demanda si je prenais beaucoup de photos, mais ne me laissa pas le temps de lui répondre, elle ajouta d'une traite qu'il fallait observer, observer jusqu'à s'en rayer les rétines, s'imbiber avec ses yeux et aussi avec son cœur grand ouvert, et que si on y parvient, tout se niche et se décalque alors dans les profondeurs du cœur, et il n'y a plus qu'à fermer les yeux très fort pour que tout se ranime et se répande sur l'écran des paupières… « Où que tu sois, il te suffit de bien fermer les yeux et tu revois tout et tu te rappelles tout… Si tu as réellement aimé ce que tu as vu, ça reste, ça ne s'efface jamais… Quand je lui parle, à Nicolas, quand il est en face de moi, je ferme mes yeux… » Enfin, elle les rouvrit, mais j'avais très bien vu pendant tout ce temps que ça s'agitait derrière… Elle me dévisagea, elle rentrait de voyage, c'était flagrant. Nos mains se sont séparées. On se tenait par les yeux… Elle prit son sac, voulut payer, insista… Je lui glissai dans l'oreille que la République savait se montrer généreuse avec ses agents et que j'avais droit à quelques défraiements, et surtout, comme nous avions à peine mangé, la note allait être si légère qu'il serait indécent de nous la présenter. Elle le fut, sans vergogne. Par notre serveur tout en angles et aspérités… J'ai accompagné Marguerite jusqu'à sa chambre et j'ai veillé sur son sommeil, elle ne voulait pas s'endormir seule… Dans mon fauteuil, face à cette femme assoupie, je formais des vœux pour que personne, jamais, jamais, ne me manque ainsi.

Ma grand-mère me manquait, mais ce n'était pas pareil. Sa disparition était dans l'ordre naturel des choses. Elle était morte exténuée et heureuse après une jolie vie comblée. Et puis elle avait pris des dispositions testamentaires pour que je ne manque de rien… Cette aisance financière n'atténuait certes pas mon chagrin, et encore moins sa défection, mais quand je dépensais son argent, je pensais à elle.

Entre l'hôtel de Marguerite et mon domicile, j'ai marché, sans toutefois choisir le chemin le plus direct. Je pensais à Boba. Je lui ai téléphoné. Elle dormait, je la réveillai. Je ne fus pas très original, je lui ai dit qu'elle me manquait et que je ne voulais plus ressentir cette impression de vide, d'abandon, quand elle se tenait loin de moi. Elle me fit répéter plusieurs fois, se délecta de mes aveux et de leur contenu, me demanda ce que je suggérais ; n'étant pas non plus très courageux, je lui offris de venir vivre avec moi en Suisse et de nous marier sans vraiment nous connaître : elle me proposa de faire l'amour au téléphone. J'étais au milieu de la rue, j'étais pudique, j'ai rougi. Je l'ai écoutée, je l'imaginais… Vous n'en saurez rien… Mis à part que j'aurais aimé être ses mains, être ses doigts, être dans ses draps.

Il était environ deux heures trente du matin quand je regagnais ma soupente à la préfecture. Nous fûmes surpris de nous retrouver là, à cette heure où les braves ronflaient depuis fort longtemps. Le hall du bâtiment était à peine éclairé, je le vis en premier et me fis discret. Je refrénais une immense envie de rire. Il était là, à jouer à la marelle sur le damier en marbre de l'entrée, une case blanche, une case noire, d'un pied l'autre, toujours en déséquilibre et à la limite de la rupture, l'air pataud dans son costume anthracite de bonne coupe, il était hilare et encore très souple. Je le vis ainsi effectuer deux bons allers et retours du vestibule assez majestueux, l'édifice datait du Directoire, époque où l'on construisait en grand, à l'échelle des ambitions de l'épopée qui se dessinait. Je sortis de ma pénombre quand il fut sur le point de s'atomiser contre une console marquetée d'écailles de myrte, meuble du mobilier national, à qui nous devions quelque politesse. « Thomas, pas encore au lit ? » Son haleine empestait la barrique à cognac… Il était prudent de ne point fumer à côté de lui, il me semblait inflammable. Il me prit le bras et m'entraîna dans le salon qui jouxtait son bureau, me proposa de boire un verre avec lui, j'optai pour une eau gazeuse, il me suivit sur le même terrain, j'en fus étonné. « On boit toujours trop dans ces banquets républicains… Savez-vous, Thomas, que les routes de la Creuse regorgent de renards, il y en a partout, c'est traître le renard, il surgit d'un coup devant vous, c'est assez déstabilisant lorsque vous conduisez… » Banquet républicain, dans sa bouche, c'était une appellation générique. Cette fois, une assemblée des maires du département. Les débats se terminèrent autour d'une grande table qui selon la coutume, elle, ne sera jamais desservie. Et selon ces mœurs inaltérables, on y mangea beaucoup, on y but autant. La routine. La suite le fut moins. Mon préfet me raconta son calvaire pour rejoindre Guéret, seul au volant de la voiture de fonction. Il répugnait à profiter du chauffeur pour ce genre de mission tardive. « Les trente-cinq heures, Thomas, nous astreignent à la conduite par tout temps, et en pleine transhumance des renards, alors ces bestioles en profitent pour faire les cons ! » Je n'étais pas expert en canidés, l'administration ne nous enseignant plus la chasse à courre, j'avais des difficultés à suivre les digressions du préfet. Après une deuxième bouteille de Perrier son discours se clarifia… Saoul, mais plus que tout, prudent, il avait regagné la ville par étapes, des « sauts de puce » comme il les décrivait, pour se dégriser et ne pas sortir de la route. A chaque arrêt en rase campagne, les phares allumés, il voyait des renards tout autour de lui, sur la chaussée, dans les champs, devant ses roues… Je le rassurais un peu, l'alcool, la fatigue, les nourritures grasses, les hallucinations ; je le félicitais également d'être rentré à bon port, sans trop de dégâts… En nous séparant, il s'approcha de moi, et me dit : « Thomas ! Vous êtes un jeune homme loyal ! Motus ! Faut pas affoler les populations ! Si ça se reproduit on organisera une grande battue ! Avec chiens et fumigènes ! Dormez bien ! A demain ! »

Le lendemain, je le croisai dans un couloir, il me prit en aparté et me confia qu'il se mettait au Perrier pour plusieurs semaines… Il rechercha mon approbation, je lui dis qu'il allait souffrir, peut-être aussi faire de l'aérophagie, toutes ces bulles comprimées dans le ventre… « Je sais Thomas, j'y suis prêt ! »

Après une soirée avec Marguerite et une partie de la nuit avec mon préfet, je ne m'attendais pas à ce que mon père, lui aussi, entre en piste… Depuis qu'il avait pris sa retraite, il déprimait un peu et sur les conseils de ma mère, il écrivit un recueil de nouvelles, qui, lui, fut primé. Ce qui le mit de meilleure humeur. Ma mère continuait à exercer aux Affaires étrangères, alors il décréta s'atteler aux affaires des autres. En l'occurrence, aux miennes… Il me téléphona vers quinze heures et me fit la grâce de ne pas me demander s'il me dérangeait… Un ancien de la fonction publique ne pose jamais cette question insensée, sauf s'il désire nuire à votre réputation. « Thomas, elle est merveilleuse ! Félicitations, je suis jaloux ! » Il me fit un long panégyrique de Boba. Il la voyait encore plus belle que je ne la voyais. Il avait un don, une acuité visuelle hors norme lorsqu'il s'agissait de décrire une femme. Il était capable de rendre la vue à un aveugle quand il lui en dépeignait une. Pour les croquer, il inventait des mots que vous compreniez sur-le-champ, tant ils étaient beaux. Je l'écoutais et je rougissais. Il était très heureux pour moi… La charge arriva, d'un coup. Il s'ouvrit de son inquiétude à mon sujet. Avant, je me régalais à butiner, je festoyais en picorant à droite, à gauche, je me familiarisais aux différentes saveurs, je me faisais le palais, à l'instar des œnologues, je recrachais vite, pour ne pas m'enivrer, avide de nouvelles épices et de fragrances irrévélées. Bref pour mon père adulé il fut un temps béni où j'expérimentais et où je me tenais à distance des sentiments provisoires ; dorénavant j'accaparais, je monopolisais, je capitalisais. Au point de ramener une jolie jeune femme à la maison, ce qui était, pour tous, une première… Il me connaissait des distrayantes et des amazones, des favorites ou des dépanneuses ; comme tous les garçons bien éduqués, il m'arrivait parfois de rendre service à des nécessiteuses désespérées, il me suffisait de fermer les yeux, de penser à autre chose : mais je n'avais jamais eu de petite amie attitrée. Il en était pantois. « Thomas, tu me déçois ! Tu renonces à la multitude, tu te détournes de l'infini ! Tu n'es plus le découvreur, le chineur, le prospecteur inassouvi que j'admirais ! Tu deviens un pantouflard ! Pire ! Un possédant ! Bientôt tu vas nous faire vieillir et nous ramener des petits-enfants ! » C'était sa façon d'être rassuré sur mon avenir amoureux. « Thomas ! la vie est cruelle, mal faite, injuste, malhonnête et fourbe ! Il te faut le savoir ! Vois-tu, le monde est un grand récipient de friandises, tu crois avoir une préférence pour l'une d'entre elles, et tu l'adoptes, mais ce que tu ne sais pas, c'est que la sollicitation se poursuit, imagine-toi la malice, la fourberie, l'imposture et un tel manque de fair-play ; chaque jour on te présente une fois de plus ce même immense plateau de friandises, il est démesuré, il s'étend à perte de vue, il a la dimension de la terre entière, et toutes ces chatteries aux mille couleurs et aux mille délices, toutes appétissantes et toutes aussi exquises, elles aguichent tes papilles, elles ébranlent tes sens, te font saliver à en avoir des éblouissements et des crampes d'estomac, tu en deviens parfois fou, tu te mutilerais pour perdre la vue, l'odorat, la raison ; ce compotier prodigieux, on te le présente mille fois par jour, c'est une vraie provocation où on cherche à éprouver tes nerfs, tu as envie, tu crèves d'envie de tester une autre sucrerie, un loukoum ou une pâte d'amande ou une praline, que sais-je moi ? C'est une souffrance qu'il nous faut domestiquer... Et à chaque fois qu'il se tient à tes côtés, il y a des variétés dernier cri, toute une kyrielle, et si tu tends la main, si tu t'égares ou hésites, tu te fais taper sur les doigts ! Tu veux piocher ailleurs dans le plat, y tremper les lèvres, les câliner un peu ? Impossible ! Tu dois te contenter de toujours respecter et savourer ton premier choix... Et ce plat, qui déborde, tu ne peux jamais en détourner le regard, il est omniprésent, et surtout, toi-même tu en fais partie. Le procédé est indécent, la méthode éprouvante... C'est ça, Thomas, choisir une femme ! Une femme qui devra t'ôter le goût de toutes les autres. Bonne chance mon fils ! Je voulais te prévenir ! Ta mère est une sainte parmi les saintes, toutes hélas ne lui ressemblent pas. Elle tolère que je puisse m'offrir un berlingot ou une pastille, une truffe, une orangette, une papillote que je dénude de ses strass, une bêtise de Cambrai, une fois, une religieuse, qui n'avait pas encore prononcé ses vœux. Elle le supporte parce qu'elle sait qu'elle est ma gourmandise préférée. Voilà ! Tu es informé ! Et reviens vite nous voir avec ton ensorcelante Boba... » Il raccrocha. Mon père est un homme prévenant.

J'admirais la photo de Boba en me demandant si je dévisageais une contrefaçon, une femme piégée dans une éternité polychrome, puis je fermais les yeux et je la voyais telle qu'elle était : noyée sous le soleil, la mer dans son dos, assise sur un parapet de Dubrovnik, ses jambes bronzées en deux longs rails qui m'escortaient vers ses délices... Cette photo n'était-elle qu'une pâle représentation ? Etait-ce l'illusion de la chaleur de Boba à mes côtés qui amplifiait ma langueur jusqu'à notre prochaine rencontre ? Je n'avais pas d'avis tranché, uniquement un grand plaisir à la fixer. Notre préfecture affichait une présomption de siestes, les après-repas nous apportaient cette nonchalance propice à l'extase de se savoir mensualisés à vie, l'esprit voué aux distractions et aux calculs des points retraite. Des dossiers importuns étaient en souffrance mais la compassion allait finir par nous submerger et nous nous laisserions encore emporter par notre bienveillance de circonstance. Lorsque la hiérarchie ne nous bousculait pas, nous étions ainsi : exemplaires… J'embrassais la photo, je la portais sur mon cœur, je la caressais. Je reproduisais certainement les mêmes gestes que Marguerite : le prétexte était différent. Entre mes doigts je tournais et retournais ce bête rectangle cartonné. Une simple photo recelait autant d'émotions contradictoires pour celui qui la regardait : le désespoir ou l'espoir… Entre mes doigts, la photo était douce, je la dévorais, je la lapais des yeux, et, encastré dans ce tirage en couleurs, et ses acides, comme Marguerite, j'encaissais. J'avais mal. Ce mal me faisait du bien.

Manquer. Du latin *mancus*. Manchot, défectueux, main… Par extension, infirme de la main… Marguerite fut amputée de Nicolas.

J'ai cru que le serveur allait m'appeler « Monseigneur », tant il était obséquieux. Il était si heureux de nous revoir qu'il en jappait presque. C'était émouvant cette sollicitude, ce souci de s'arrondir, d'offrir sa nuque. En attendant de tendre une main. Remarquable métier, placement incertain… Il voulait nous épater, prêt à décolleter un œuf à la coque d'un coup de sabre. Et jacassait beaucoup : écouter devait être de l'héroïsme chez cet homme. Enfin il nous présenta le menu du soir que le chef avait « imaginé » et « séquencé »… Ce dernier, un haltérophile, une armoire, ça force au respect, était expert en sémantique et swing des assiettes… Marguerite avait visité la ville toute la journée et la jugeait « très reposante ». Elle semblait détendue en effet… Il était encore tôt et les dîneurs arrivaient à leur rythme comme des promeneurs au ralenti ; à Guéret, on avait le dynamisme paisible. Chacun se connaissait et tous étaient de parfaite éducation, longs saluts, petits potins, à considérer un trou de serrure pour un instrument d'optique, avant de gagner sa table : modestes habitudes contre nature qui coûtent si peu… Nous commandâmes une superposition troublante de bonnes choses… Nerveux, je dirigeais la conversation, plutôt un monologue, je ne voulais pas savoir où elle en était dans sa tête… Etais-je Thomas ou Nicolas ? J'avais bien une piste, elle me vouvoyait, mais je n'étais sûr de rien. Elle riait à mes anecdotes, se réjouissait de mes exploits immobiles à la préfecture, de la description de toutes ses huiles, ces corps gras établis dans les rouages de l'Etat. Je lui racontai le déjeuner que le préfet organisa un jour pour un de ses amis journaliste, dans le parc qui ceinturait notre administration. Ancien condisciple d'école prestigieuse, il avait mal tourné, désertant son ministère, pour finir correspondant de guerre. Je fus convié, en qualité d'Helvète, pays neutre et patrie des droits de la guerre. Je n'entendais rien à la bagarre, sinon un film baroque avec des hélicoptères qui froufroutaient sur du Beethoven, je devinais cela bruyant et très vite salissant. Le repas fut agréable, tout en nostalgie : l'ancien temps et les idéaux, murs derrière lesquels ils n'avaient rien trouvé, leurs vingt ans… C'est entre le fromage et la poire que je me permis une remarque. Sur le mur de notre monument Directoire, près du toit, une forte excroissance blanchâtre était cramponnée aux pierres. Ils émergèrent de leur souvenance et de leur autrefois révolu, nous nous levâmes, rassasiés mais intrépides. Réunis sous « la chose » nos façons de voir furent semblables. « Un nid de guêpes ! », « Un nid d'abeilles ! », « J'allais le dire ! » Je me suis porté volontaire pour appeler les sapeurs-pompiers. Ensuite, tout a été extrêmement rapide : nous sommes repartis nous asseoir pour boire notre café, ils se sont enroulés dans le châle de leur histoire et nous avons terminé par une eau-de-vie, plusieurs même. « Il n'y a aucune urgence », m'étais-je vu répondre d'un signe de main du préfet. Les pompiers pouvaient digérer à leur aise. Après être sorti de table, mon préfet est retourné à ses parapheurs. Le téméraire, l'eau-de-vie et moi sommes allés converser dans l'un des salons qui s'ouvrait sur le parc. Il s'appelait Renaud et écrivait dans un quotidien national dont le « Carnet » fleurissait de barons et de comtesses aux noms à rallonges et à la double, triple particule ; je plaignais ces gens d'un autre temps, qui échappèrent à Robespierre, cela devait être un casse-tête pour faire rentrer chacune des lettres de leurs augustes patronymes dans les champs des formulaires administratifs… Nous parlions donc, lorsque nous vîmes arriver le préfet, flanqué de son chef de cabinet, pour lui désigner du doigt la traîtrise accrochée au mur. Et ils s'en sont retournés… Nous parlions encore lorsque nous vîmes revenir le chef de cabinet, moins de cinq minutes après, escortant un autre chef, celui des services généraux, et lui pointer du menton l'enflure venimeuse. Et ils s'en sont retournés… Nous devisions toujours, quand passèrent, quelques minutes après, le chef des services généraux escorté du responsable à l'entretien. Le constat fut identique, la main qui se lève et désigne, un acquiescement de la tête du subalterne. Et ils s'en sont retournés… Nous ne savions plus quoi nous dire au moment où approchèrent le responsable de l'entretien et un de ses ouvriers. Et ils s'en sont retournés… Nous somnolions depuis un bon quart d'heure quand nous fûmes réveillés par le pimpant camion de pompiers… D'instinct, nous en avons déduit que c'était l'ouvrier qui les avait alertés. Tous, le préfet, son chef de cabinet, le responsable des services généraux et celui de l'entretien, l'ouvrier, un autre de ses collègues, le journaliste et moi, nous avons assisté à cet acte de pure vaillance : le gazage et l'extraction de l'assemblée des nuisibles… Etais-je affligé ou subjugué par la redoutable efficacité de l'administration française ? En tout cas j'étais perplexe quant à sa vitesse de réaction et la pesanteur de sa chaîne de décision. Autant d'allers et retours pour un simple coup de fil à passer. Le baroudeur constata ma gêne, me demanda s'il en était ainsi dans mon pays, pour ne pas le froisser, je lui ai répondu que c'était encore plus lent, mais nous avions des circonstances atténuantes, car nous étions suisses, séculairement suisses, adeptes de la retenue et du compromis, sensibles à l'inertie des choses. Et tant qu'il n'y avait pas le feu au lac, nous n'avions aucune raison de nous hâter. C'était notre carte de visite… Notre impassibilité assurait notre pérennité, elle justifiait notre sérieux, et cette pondération éternisait la confiance qu'on nous accordait… Le massacre consacré, nous nous sommes séparés, heureux du devoir accompli. Nous fûmes impériaux. A faire pâmer des armées de futurs fonctionnaires sur la tyrannie des rangs et l'étendue de ses organigrammes pétrifiés… Marguerite ne fut guère impressionnée, il paraît que ça ressemblait à l'ambiance des Postes et Télégraphes, aux fameuses procédures à suivre au pied de la lettre, lorsqu'elle y était employée. Un seul écart et elle était semoncée… Tout cela lui rappelait le bon temps, celui des chefaillons et de la hargne ravalée, des vexations… Et sa vie de famille… Là, fut mon erreur, celle d'arrêter mes commérages pour me désaltérer à l'eau pétillante, elle en profita illico. Je me métamorphosai en Nicolas, et la blanquette de veau se posa sur notre table. Champignons de Paris, carottes, sauce crémée, viande fondante et terril de riz. J'oubliais les oignons grelots, détail primordial de ce plat. La cocotte en fonte posée entre nous me servait de digue, et la digue a cédé… Marguerite, lorsqu'elle évoquait sa vie, faisait son sort prospère et me vidait de mes mots, je devenais aphone, juste une paire d'oreilles déployées et un cœur pour écrin à l'affliction, tout cela gâchait la délicate saveur de la blanquette… Elle a tressailli : « Lorsque ton père est mort, j'étais fâchée avec lui depuis plusieurs mois ». Un rebondissement ! Pour un type qui chuta d'une passerelle ce n'était pas étonnant. J'ai posé ma fourchette. Je me suis essuyé la bouche lentement. Je crois que nous n'entendions plus aucun bruit autour de nous, sourds à l'entour, nous avions l'image mais plus le son. Elle m'avoua qu'elle était alors déterminée à le quitter, je me suis dit qu'il l'avait devancée. « Le savait-il ? – Oui, mais il ne m'écoutait plus, ne l'acceptait pas… Il ne voulait pas que la famille se brise et que tu sois ballotté d'un bord à l'autre... Et puis, il affirmait m'aimer, ce qui n'était plus suffisant, il était devenu invivable... » Il y a le but désiré et le sort qui vous prend. Etre abandonné quand on aime encore c'est navrant. Je me pris de sympathie pour cet homme que je ne connaissais pas et qui fut aimanté par le vide, laissant un orphelin et une femme, qui, un temps, se figura divorcée. La mort s'était faite juge des affaires matrimoniales, désencombrant les tribunaux, évitant les déchirements, l'inévitable mauvaise foi, les accusations dévastatrices et les invraisemblables tours de garde pour l'enfant. Radical ! On économise les frais d'avocats, c'est appréciable... J'avais une question, je ne l'ai pas tentée, je voulais connaître le prénom de son mari, le père de Nicolas. Je souffrais de pudibonderie, petit déjà, je m'interdisais de lire la copie de mes voisins quand je me heurtais à une difficulté; je ne fus jamais premier, ne me fis jamais remarquer... Elle me raconta son dernier Noël. Le premier qu'il passa sans son fils.

Avant de s'écraser lourdement jusqu'à en mourir, il reçut un coup de massue sur la tête. C'était un quinze décembre. Elle se souvenait très bien de la date. En fin d'après-midi, en allant chercher Nicolas à l'école maternelle, elle ne reprit pas le chemin de la maison. Elle partit se réfugier chez des amis, loin de Paris. Quand il rentra, lui, le père, il se heurta au silence d'un appartement vide et à une courte lettre. Le protocole était respecté : un départ, son billet… Sans le savoir il avait déjà un pied dans la nuit. Il avait froid. Il avait compris que son monde venait de s'écrouler et que rien ne serait plus pareil. La terreur il l'avait déjà connue, sur quelques chantiers, où, en porte-à-faux, il avait manqué de tomber, mais là elle prenait son apparence la plus monstrueuse, la plus dénaturée. Son unique enfant n'était plus là. Il avait envie de hurler, de se mordre la langue, il s'affala dans un fauteuil et n'en bougea plus pendant deux jours et deux nuits, sans manger, sans boire, sans uriner. L'histoire défilait, il la ruminait et la triturait dans tous les sens, recherchait ses erreurs, les alertes ; il les identifiait toutes… Sa douleur effaçait-elle ses fautes ? Il était prostré, ne parvenant pas à pleurer, abasourdi par les brûlures qui lui labouraient l'estomac. Il grelottait de plus en plus et aurait voulu tout briser autour de lui, les meubles et les vitres, ou déchirer les habits de Marguerite ; il demeura tétanisé, recroquevillé sur lui-même. Le lendemain, le seize, c'était la grande fête de Noël à l'école du quartier, une célébration attendue par tout enfant de cinq ans, la dernière journée avant les vacances. Nicolas n'y assisterait pas. Il éprouva de la honte, se sentit responsable de cette absence forcée… Elle était partie, il n'avait pas embrassé Nicolas, ne l'avait pas serré fort dans ses bras, ne lui avait même pas dit au revoir. Nicolas avait quitté la maison le matin sans savoir qu'il n'y rentrerait pas le soir, qu'il ne dormirait pas dans son lit, qu'il ne retrouverait pas ses peluches et son doudou et son papa. Tout était soudain, incroyable. Prévisible, en y réfléchissant bien. Deux jours et deux nuits à tout ressasser… Il espérait pleurer et ses larmes le punissaient aussi, elles refusaient de couler et ses yeux étaient tellement secs qu'ils lui faisaient mal. Les jours suivants il se fit porter pâle et ne sortit pas. Il se força à manger, un quart de pomme, une banane, et à boire de l'eau, il était anesthésié. Il était triste de la vraie tristesse, celle qui est tapie secrètement sous le joug de la tristesse rebattue. Nicolas et Marguerite, ils étaient le jour dans son âme. « Nicolas ! Nicolas ! » Il l'appelait entre les pièces désertées, reprit sa raison dans l'immensité du vide… Alors il sut que l'amour était mort… Et qu'il allait sombrer. Ce ne fut pas de la panique, ce fut de l'épouvante. Il courut dans la chambre de son fils et s'écroula sur le plancher, regarda le lit bateau en noyer, les jouets, la petite table d'écolier et son siège, les rideaux et les murs, le plafond et les placards, et sa propre douleur nichée là. Il aspirait violemment, les narines dilatées et les poumons sur le point d'exploser, il essayait de respirer Nicolas, d'avaler Nicolas, de se saouler de son odeur. C'est à cet instant qu'il se liquéfia. Ce n'étaient plus des larmes, c'était de l'eau qui l'aveuglait. Elle débordait son visage et se répandait sur son cou, sous le col de sa chemise, ses mains en ruisselaient. Vaincu par la souffrance, il s'assit le dos contre le lit et il s'endormit... Plus tard, quand il émergea, serré dans sa main, il trouva le foulard rouge de Nicolas. Il ne devait plus le quitter. La journée, il le sentait sans cesse, la nuit il dormait la joue tout contre lui. Un effluve volatile de son fils qu'il pressait sous son nez, fruité comme un agrume, la peau délicate du cou de Nicolas, sa clarté presque blême. Jamais de sa vie il n'avait tant pleuré. Il ne se doutait même pas qu'un humain puisse receler une aussi grande quantité d'eau. Il n'était d'ailleurs plus un homme mais un torrent en crue. Il se raccrochait à une bouée : un foulard de coton aux motifs vaguement polynésiens. Il entendait dans son naufrage que le téléphone sonnait, il ne répondait pas. Marguerite. Il n'était pas en colère, il n'avait plus les mots assurés et sa langue pouvait fourcher. Un soir il prit le combiné, c'était elle. Ils parlèrent, plutôt ils pleurèrent deux heures au téléphone. Nicolas allait bien, Nicolas jouait, il admirait les vitrines de Noël, il était tout excité d'aller chez ses grands-parents maternels. Le lendemain, ils se parlèrent encore, mais sans pleurs. Nicolas lui dit quelques mots : « Bonjour monsieur caca » et puis s'en alla. Il avait tout flairé Nicolas, il était fâché, le subit exil de sa maison, son univers chamboulé, sa maman en fugitive contrainte. Sa mère, harassée, exemplaire, magnifique, qui faisait en sorte qu'il ne s'aperçoive de rien, que tout soit transformé en jeux : la chambre et le lit, inconnus alors, les jouets et les livres différents, qui n'étaient pas les siens. Marguerite lui avait dit qu'il y avait une petite fille de l'âge de Nicolas dans la maison où elle se terrait, il fut heureux pour son fils. Il était rassuré, recommença à s'alimenter, en se forçant. Il pouvait quitter l'appartement, passer quelques jours chez un ami qui lui avait conseillé de ne pas être seul dans un moment pareil, il déclina son invitation, il préférait ne pas bouger de chez lui, là où tout lui rappelait Nicolas. Il stationnait de longues minutes à l'entrée de sa chambre, et il le voyait, il le voyait vraiment, dessiner à son petit bureau, mettre son pyjama, succomber à un caprice, ou sauter sur son lit au milieu de la forêt des animaux en peluche. Appuyé contre le battant de la porte de la cuisine, il l'observait : Nicolas prenait son petit déjeuner, buvait son jus d'orange, réjoui d'aller à l'école. Nicolas jouait à cache-cache avec lui. Mais ne se montrait plus. Le soir de Noël fut atroce. Il le passa seul avec une bouteille d'armagnac. Il savait que tout le monde était triste ce soir-là, Nicolas, Marguerite, sa belle-famille et que cette nuit, pour tous, était une chose incomplète. Personne n'était heureux et personne ne triomphait. Marguerite avait appelé plusieurs fois, à l'ouverture des cadeaux, il ne voulait surtout pas entendre ça, la joie de son fils, son émerveillement qu'il ne pouvait vivre à ses côtés, ni soutenir son monde éloigné… Il entendit alors son compte à rebours se déclencher.

Marguerite articulait comme on lit un rapport d'autopsie… Etrangère, précise et froide. Après la culbute fatale, quand on lui rendit la dépouille de son mari, elle trouva dans la poche gauche de sa chemise une photo de Nicolas. Sous le sang coagulé, son fils trônant dans son lit, en beau pyjama rouge et blanc, ses jambes sous la couette de coton et de plumes, une brassée de Babar et d'autres peluches pressée contre lui, hilare, son sourire d'ange, ses belles dents, ses yeux si bleus. Le cliché préféré du mort. Celui qu'il portait toujours contre son cœur quand il travaillait. « C'est après sa mort que Nicolas s'est enfermé dans un silence plein de reproches… C'est après sa mort que j'ai perdu la parole… » La blanquette de veau était figée depuis deux heures… Je commençais à entrevoir la totalité du tableau qui se peignait devant moi depuis un semestre.

Ils avaient négocié et pensé à l'intérêt de l'enfant, elle rentra alors avec Nicolas, c'était le quatre janvier. Lui, il eut ce laps de temps, entre le quinze décembre et le quatre janvier, dont deux réveillons, pour décortiquer ce qu'elle avait exigé au téléphone : « Rends-moi ma liberté. Je ne veux plus qu'on vive ensemble… » Ils étaient loin des déclarations d'amour, celles qui provoquent les jeux de mains, le mélange des genres et l'arrivée des bébés… Chaque jour, il regardait Nicolas comme s'il le voyait pour la dernière fois, chaque soir, après l'avoir embrassé dans son lit, il ressortait de sa chambre avec un fond d'eau dans les yeux. Il se sentait happé par le vide. La vie lui avait dit bonsoir, la mort était en retard.

Marguerite a regagné Paris le lendemain. J'étais inquiet… Elle devait traverser une barrière de feu pour accéder au cœur de la capitale. Il faisait soudain très froid et les banlieues brûlaient. Les médias, comme d'intarissables prophètes du malheur, évoquaient un arbitraire malaise social chez des jeunes désœuvrés. Les politiques relayaient en chœur ce qu'ils lisaient dans les journaux. La surenchère des analyses se révélait calamiteuse. Un ministre français, pour se grandir, jetait de l'huile sur le feu en tenant des propos fâcheux, souvent blessants ; cet homme de petite taille, ce demi-nain de jardin agité, que sa femme venait d'abandonner pour un autre, moins âpre, ignorait que pour s'élever, il suffisait de chausser des talonnettes… Les pyromanes lui rendaient la politesse en exhibant des banderoles, où on lisait : « Pomponnette reviens ! Il est devenu fou ! » La bonhomie du phénomène était pourtant éclatante. Je me suis abstenu d'en faire part, pour ne pas déranger les certitudes établies… Il ne s'agissait pas, selon moi, d'une soi-disant révolte des communautés de laissés-pour-compte, mais plutôt de l'émergence spontanée, et certes virulente, d'un nouveau courant écologiste qui visait à débarrasser les rues des voitures encombrantes en les incendiant par centaines. Les autorités françaises n'y ont vu que du feu… Cette initiative vertueuse d'un mouvement citoyen n'était pas entendue ainsi, j'en étais fort dépité.

Elle était lourde à porter, la confession de cette vieille dame emplie de drames et de remords, de culpabilité. Nous avions parlé une partie de la nuit, avant qu'elle ne s'écroule de fatigue à l'aube. Sur le quai de la gare en m'embrassant, elle m'a dit : « Tu savais tout cela depuis si longtemps… Tu me croyais responsable de la mort de ton papa… Je ne l'étais pas Nicolas… Je ne le suis pas… C'est le destin qui l'est, c'est lui qu'il nous faut blâmer ! Je suis si heureuse que tu m'écoutes enfin… » Le train l'a emportée, je suis resté à traîner en ville. Je lui ai envoyé une carte postale : « Ile des Caraïbes. En quatre lettres. Principales productions : la dictature, le rhum et les cigares… » J'ai ajouté : « Je vous y amène pour Noël, avec Boba. Elle est charmante ! Vous l'aimerez ! Vous n'aurez guère le choix ! » J'ai eu une pensée émue pour ma grand-mère qui me permettait ce périple.

Il s'appelait Martin. Il leva définitivement le doute. Une douzaine d'années après la mort du père de Nicolas. Il se présenta chez Marguerite, c'était un samedi. Vaguement, elle le reconnut et le laissa entrer. C'était un ancien collègue de son mari, le dernier à l'avoir vu vivant. Il lui apportait une lettre adressée à Nicolas. Elle était déjà ouverte. Il était gêné et voulut s'expliquer. Elle lui prit la main et pâlit : « J'attendais ce moment… » Sans la regarder, fixant un point devant lui, il commença son récit. « Lorsque vous êtes revenus avec votre fils, il avait changé, c'était un homme ralenti, sur les chantiers il était taciturne. Un jour il m'a dit : la mort rôde autour de moi… » Il crut d'abord qu'il était fatigué des risques insensés, quotidiens du métier. On l'appelait : « *le garde-fou des abîmes* ». Toujours volontaire pour les tâches les plus ardues, presque impossibles, dans les hauteurs et dans une sécurité très relative, à la limite du décrochage, du grand saut. Ainsi était le père de Nicolas : un trompe-la-mort. Il était reconnu pour ses capacités à affronter le vide et ses dangers. Il était très recherché, apprécié sur un grand nombre de constructions ou de rénovations, son nom circulait, les architectes et les contremaîtres se l'arrachaient. Avec Martin, son assistant, ils volaient littéralement, deux acrobates. Ils avaient connu tous les haubans des ponts, les flèches des cathédrales, les étages inaccessibles des tours les plus hautes, souvent ils œuvraient dans les nuages, sans voir la terre, le vent les secouait, la pluie les fouettait, le soleil les calcinait, eux ils s'amusaient des éléments, des vertiges, des consignes de prudence. Personne ne savait plus les atteindre à ces altitudes. Ils dominaient tout. Ils étaient les rois. Ils étaient des frimeurs. Un jour le père de Nicolas remit à Martin une lettre : « S'il m'arrive quelque chose. Donne-la à Nicolas, plus tard, quand il sera presque un homme. » Martin prit peur, eut une prémonition, et s'était ravisé. Leur spécialité était chancelante, une mauvaise rafale, une main qui glisse, un appui détrempé, l'ivresse des cimes ou un soudain mimétisme avec les oiseaux… Martin aborda enfin ce fameux grand bond en avant… Marguerite respirait profondément, elle appréhendait les mots à venir, qu'elle savait déjà. « J'ai beaucoup hésité, je savais que cela ne se faisait pas, que c'était une trahison, mais je voulais en avoir le cœur net, j'ai ouvert sa lettre après son enterrement. Je l'ai vu tomber. Ce n'était pas vraiment une chute… » Les larmes coulaient sur ses joues mal rasées. Il aurait voulu s'enfuir, laisser la lettre sur la table et courir. Elle l'en dissuada, il se reprit, changea de position sur sa chaise, continua de fixer toujours le même point, loin des yeux de Marguerite. Evoquer ses souvenirs affreux, c'était à la fois être jugé et purger sa peine. Cela faisait plus d'unc décennie qu'il espérait passer le témoin en s'allégeant de cette surcharge. Eux, les voltigeurs, ils étaient sur une mince passerelle, au sommet d'une tour, une excroissance en surplomb d'un immeuble de quarante étages. Un chantier très court, une ou deux journées de labeur, le tout très bien payé. Une virgule entre deux autres interventions dans les nuages. Une drôlerie pour ne pas perdre la main, dans une fin de semaine qui aurait dû être chômée pour l'un et morose, car sans Nicolas, pour l'autre. Ils avaient accepté pour la prime, pour l'art de vivre, et surtout parce que d'autres s'y étaient cassé les dents… Une façon de conforter leur suprématie chez les funambules. « J'ai dit que c'était un accident, qu'il avait dérapé… Pour les assurances… » Martin n'a pas vu ce qu'il s'est passé, il a entendu un bruit métallique, celui de l'affaissement d'une partie de l'échafaudage, quand il s'est précipité vers lui, il l'a découvert suspendu au-dessus du vide, la sangle de sécurité arrachée et se retenant d'une seule main à une tubulure en acier… Martin a crié de tenir bon, Martin a progressé au travers de l'enchevêtrement de ferrailles, de planches. « Il pouvait se rétablir. Il pouvait remonter tout seul sur un pan de la passerelle… C'était un costaud… J'étais à quelques mètres de lui… J'ai compris qu'il ne le ferait pas… » Le père du petit Nicolas se fit opportuniste et sauta à pieds joints sur l'occasion. Il avait dû hésiter sur les moyens de mettre fin à son existence. Lui qui avait l'embarras du choix, l'indécision fut levée. Soudain, la vie devenait indulgente, les circonstances lui indiquaient le chemin le plus court entre la souffrance et son terme. Comme un clin d'œil de la providence. Une chance à saisir. Cet homme sans plus d'espoir allait guérir de sa désespérance. Une tour lui donnait son bon de sortie. Au vol, il le saisit, et se cramponna à lui jusqu'au sol ; un soir glacé de février, la nuit était tombée. « Continuez s'il vous plaît. » Martin parlait à voix basse maintenant, il se souvenait de tout, jusqu'à l'ultime fraction de seconde où les doigts de son ami s'ouvrirent. « Il avait une sorte de sourire triste, de sourire résigné. Ses yeux se sont mouillés… Il ne pleurait pas, c'était autre chose… Je ne sais pas bien… Il a bougé la tête de droite à gauche, plusieurs fois, comme par dépit, comme pour dire qu'il n'avait plus d'autre possibilité, que c'était devenu trop difficile… Sa main libre a caressé sa poitrine, il cherchait à prendre quelque chose dans sa poche, sous son pull, mais son blouson était fermé… Et puis il a regardé le ciel, un peu, il m'a souri encore une fois, de ce sourire désabusé… Il n'est pas tombé… Il a lâché prise… C'est ça… Il a tranquillement lâché prise… Il est mort triste… » Le voilà donc tel qu'en lui-même. A terre. La tête n'était pas belle à voir, fendue en deux. Du sang partout. Le corps, étrangement, paraissait intact, couché sur le dos, mais à l'intérieur c'était de la bouillie. « Et le silence. Il n'a pas crié en chutant. Rien… » La police est arrivée avec une ambulance. Un gardien de la paix a fouillé le cadavre en quête de ses papiers d'identité, il a extrait une photo de la chemise, Martin a hurlé : « C'est son fils ! Laissez-le à sa place ! Laissez-le sur son cœur ! »

Il a fallu des jours pour que Marguerite puise au plus profond d'elle-même le courage de lire la lettre. Nicolas ne s'aperçut pas du changement, il préparait son baccalauréat, il avait l'esprit ailleurs, c'est à peine s'il regardait encore sa mère, entretenant envers elle une douce indifférence. Ils cohabitaient… Peu avant l'aube, avant qu'elle ne s'endorme, et que je ne quitte sa chambre d'hôtel, je lui avais demandé ce qu'elle contenait, cette lettre. Elle éluda ma question, affirma qu'elle ne s'en souvenait plus, qu'elle l'avait parcourue, mais sans en retenir les termes, et l'avait brûlée dans l'évier. « Il ne sert à rien de tamiser la poussière des morts… Jamais il ne m'a parlé de ses origines ou de son enfance, je ne connaissais pas sa famille, je ne connaissais pas son histoire… Tu n'avais pas de grand-mère, pas de grand-père, pas d'oncle, de tante ni de cousin… J'avais l'impression parfois de vivre à côté d'un fantôme… » Des pas résonnaient dans le couloir, des lève-tôt ou des voyageurs s'en allaient admirer le lever du soleil sur Guéret, qui valait bien celui d'Austerlitz. Marguerite s'est redressée, comme frappée par une réminiscence : « Si, une fois il m'a dit une chose et puis il s'est refermé aussitôt… Il m'a dit que la naissance était une injustice… Qu'il aurait préféré être orphelin, parce que les orphelins pouvaient rêver à la famille qu'ils n'avaient pas eue, et se raccrocher à ce rêve le restant de leur existence… Je crois qu'il éprouvait une honte terrible de ses parents et de ce qu'il avait subi. »

C'est évident, je fus encore moins performant dans mon service à la préfecture, je traînais mon spleen… La vie, ni même l'administration, ne me préparaient à ça : pourquoi un homme choisissaitil de mourir et de laisser son jeune fils sans père et la femme qu'il aimait encore, pleine de culpabilité ? Marguerite affirmait qu'il était un excellent père, qu'il aimait Nicolas comme seul un homme qui fut privé d'amour quand il était enfant pouvait aimer : d'un amour vierge de toute référence, d'un amour qu'il inventait à chaque instant, d'un amour manifesté à l'égal d'un miracle... Comment donner ce que l'on n'a jamais reçu ? Lui, y était parvenu... Alors pourquoi renoncer ? Martin lui apporta des éléments. Il lui raconta les dernières semaines. Elle écouta l'agonie, elle entendit le râle...

Il est délicat de divulguer des confidences, de trahir celui ou celle qui vous fait la grâce de vous les confier. J'ai appelé mon père, pour prendre le pouls d'une paternité qui n'était pas contrariée... Depuis qu'il se mêlait des affaires d'autrui, il disposait de temps libre. « Te serais-tu suicidé si maman t'avait quitté en m'emportant avec elle ? » Il me fit répéter la question, deux fois, une tactique ordinaire chez lui afin de réfléchir à la réponse appropriée. « Thomas, asseyons-nous et parlons-en ! » J'étais debout, je pris un siège. Il était assis, me demanda de patienter, il allumait un cigare, j'entendais le bruit de la guillotine, celui de la bague qu'on ôte du havane, l'allumette sur le grattoir, un soupir d'agrément ; le rituel. Lui à Genève, moi dans la Creuse, peu s'en fallait pour que je ne sente les volutes grises. Il était vaguement au courant de ma relation avec Marguerite, ma mère l'avait évoquée, un jour il m'appela : « *Arsenic et vieilles dentelles* », mais il se trompait de film, c'était plutôt *Harold et Maude*. Je repris l'histoire, du début à la fin. J'insistai surtout sur la fin, la mort…

Lui si pudique, si discret, si muet, avec Martin pourtant, ce fut un déballage à cœur ouvert. Une vie de famille… Il ne l'avait jamais espérée, ne l'avait jamais voulue, jusqu'à sa rencontre avec Marguerite. Cette vie de famille, il l'avait pulvérisée au bout de cinq ans… Il se sentait minable. C'était le mot qu'il employait tout le temps : *minable*. Un immense gâchis ! Marguerite fut patiente et tolérante et amoureuse, et elle fut même volontairement aveugle. Lui, il papillonnait, flairant d'autres peaux, effeuillant des femmes éphémères… Et quand le générique « Fin » s'inscrivit, il tomba de très haut. Ne se releva pas. Martin était son ami, il fut dépositaire de sa conscience malmenée. Un autre mot revenait souvent, toujours, entre deux paroles : la honte. Il en était submergé… Honte d'avoir été si irresponsable, d'avoir éclaté sa famille, saccagé l'enfance heureuse et innocente de Nicolas, ravagé la certitude que son garçon devait ressentir, celle où il aurait pu continuer de grandir entre sa maman et son papa sous un même toit. C'était un manuel, un saltimbanque, pas un littéraire, il ne savait pas comment lui expliquer son départ, ne se supportait plus et en s'éloignant de son petit soleil, il pâlissait… Quand il fut mis à la porte par Marguerite, il demeura des semaines sans rendre visite à Nicolas. Marguerite était affligée par ce renoncement, par cette défection obstinée, elle souhaitait qu'il continuât à voir son fils chaque jour et qu'il vînt l'embrasser chaque soir dans son lit, qu'il fût son père à part entière ; jamais il ne fut pensé autrement par elle. Mais il en était incapable, il ne le pouvait simplement pas, c'était au-dessus de ses forces. Venir et repartir, être visiteur et voisin, en transit perpétuel, et ne plus s'attarder, ne pas se poser et vivre un bonheur minuté avec Nicolas. Il avait loué un petit studio, à un jet d'autobus de Marguerite ; dans son meublé, tout se dérobait : les pas de Nicolas, ses chants et ses glissades sur le plancher ; tous les bruits synonymes de sa présence. Au lieu de quoi, il avait le silence… C'est ça. Il avait peur du silence… Le son… Le son de ses bruits lui manquait. Dehors, parmi les trépidations de la ville, il avait le sentiment aussi que tout était silencieux. Un dimanche, il invita son fils à le rejoindre dans un restaurant. Quand il le vit arriver, accompagné de Marguerite, il faillit s'effondrer. Nicolas, son fils, les yeux baissés, rougissait. Comme s'il voyait un inconnu.

Quels étaient ses mots ? Je transmettais à mon père ce que Martin avait déclaré à Marguerite. Pouvait-on s'en remettre à sa mémoire ? Marguerite m'avait-elle tout confié ? Celui qui va se donner la mort peut-il encore être audible ?... Je lui fis un compte rendu en deux parties, irriguées de deux idées maîtresses, comme j'apprenais dans cette école de la fonction publique. Neutralité et rigueur en sus. Sa première question était pertinente. « Comment s'appelle-t-il cet homme ? Tu dis sans arrêt *il*, *il* ne se prénomme pas ? » Mon père devait penser à autre chose et m'écouter d'une oreille distraite. J'étais censé être *Nicolas*... « Crois-tu que les pères sont et resteront toujours en seconde ligne parce qu'ils n'ont pas porté d'enfants dans leur ventre ?... » Le mien, entre deux bouffées de cigare, me demanda d'être plus explicite et d'affiner ma question. Je voulais simplement savoir si le cœur des pères était bien aussi gros que celui des mères ? Genève marinait. Genève s'ennuyait... Je l'imaginais tirer sur son havane, se manucurer les ongles, le téléphone calé entre la tempe et l'épaule, s'alarmant que son cher Thomas qui se destinait à la Carrière puisse se repaître dans le mélo et s'aventurer dans un tel romanesque. Je ne savais pas très bien raconter les histoires, passable à l'écrit et nul à l'oral, j'avais un alibi, quand l'émotion se faisait trop vive, je l'ai déjà dit, je bégayais... Il prenait au sérieux sa nouvelle distraction, les affaires des autres, il fit l'intéressé : « Une séparation ? C'est déstabilisant. On perd pied, l'équilibre, ses points cardinaux et le chemin du domicile conjugal, certes, on reste déboussolé, mais de là à plonger, surtout dans la clandestinité... » Je le trouvais en pleine forme, un peu cynique et un tantinet perspicace, le *puros* devait être d'un excellent cru. Il faisait preuve de fantaisie pour désamorcer le malheur en désossant ses calamités, afin de ne pas en être affecté. Et, ricochant du coq à l'âne sans crier gare : « Thomas, ta mère veut-elle me quitter aussi ? Saurais-tu des choses que je ne sache pas ? » Il ne mélangeait rien, c'était une manœuvre de plus : détourner l'attention, prendre à revers, et assener d'un coup son esprit de synthèse, en jouant à l'avocat du diable. « Cet homme a refusé de souffrir, c'est affreux et cruel, égoïste peut-être, mais défendable comme position. Peut-on moralement se torturer pour l'amour que quelqu'un vous porte ? Peut-on ratifier la douleur parce qu'on se doit à quelqu'un ? Fût-il un enfant... Si la réponse est positive, est-ce alors un amour avéré ou un sacrifice consenti ? L'amour, c'est beaucoup de choses, Thomas, sauf une résignation ou un négoce... Certains y arrivent, d'autres non... Certains meurent d'une impossibilité de vivre... Ceux qui échouent ont depuis longtemps épuisé leur épargne de courage, ils errent dans la survie, et cette survie, ce n'est pas la vie, c'est du supplice en vrac, des tombereaux de désolation... Alors ils lâchent prise, comme tu dis. Pour être encore en mesure de se regarder en face... Même du fin fond de leurs ténèbres. Ceux-là ne savent pas mentir, ne savent plus faire semblant... Sont-ils condamnables pour autant ? Soyons magnanimes, cet homme a déjà contre lui la proscription qui s'attache à la mémoire des vaincus. » Son débit se fit plus lent, ses mots plus choisis, il invita Baudelaire à soutenir sa réflexion... « Il disait que nous devrions ajouter aux Droits de l'Homme, celui, inaliénable, de claquer la porte. Tout est affaire de sensibilité Thomas... De rêve mal vécu... Ceux qui restent à terre ne sont pas lâches, ils sont différents. Peut-être n'était-il pas le genre d'homme à marcher avec des béquilles. C'est encombrant les béquilles, on remarque tout de suite que vous boitez... » Et de m'expliquer que la perte de son enfant dépendait de l'idée qu'on se faisait de la paternité et qu'il y avait, dans ce domaine aussi, des extrémistes du tout ou rien, que la culpabilité et les remords étaient des maladies incurables, alors on préférait s'euthanasier que de crever à petit feu... « C'est quoi précisément perdre un enfant ?... Ne plus le voir tous les jours ? Ne plus le voir du tout ? Ou l'avoir déçu ? Ne pas supporter son absence ? Ou l'apercevoir entre deux portes ? Je crois que, parfois, entre le néant et la tristesse, il n'est pas absurde de choisir le néant... » La communication était bonne, aucun parasite, aucun écho, mais j'avais du mal à le suivre, il usait de mots qui n'étaient pas de mon âge et bien loin de mon état civil de célibataire sans progéniture : un vocabulaire qui ne donnait pas envie d'enfanter... Je crois qu'il le comprit, à mon mutisme, à cette façon de ne pas l'interrompre, ce qui n'était pas dans mes habitudes, car j'aimais devancer ses arguments, contrecarrer ses belles constructions théoriques...

« Tu ne le sais pas Thomas, nous ne l'avons jamais évoqué, j'étais moi aussi à deux doigts de faire le grand saut… C'était il y a une dizaine d'années, lorsque tu étais à l'hôpital… » La nature n'avait pas été clémente à ma naissance, elle se fit même oublieuse ; à mon adolescence elle devint franchement hostile : né avec un seul rein à la place des deux prévus dans le plan de montage, elle me le déréglait, comme pour tester ma vocation à la chérir. Il en fallait un peu plus pour me démoraliser. Mes parents et l'équipe médicale, eux, s'inquiétèrent. Ils furent effrayés quand ils constatèrent la carence de greffons disponibles. J'étais relié en permanence à d'étranges machines qui me maintenaient en vie, c'était encombrant et disgracieux, mais je découvrais une jolie expression : « La vie ne tient qu'à un fil ». Les miens étaient en plastique transparent, ils forçaient mon unique rein à tenir le coup et lui n'en faisait qu'à sa tête… « Infection des voies urinaires… » Ce n'était pas contagieux, les visiteurs se pressaient dans ma chambre. Certains voulurent me céder un de leurs reins, j'étais trop exceptionnel pour que nous soyons compatibles, ils ne furent pas rancuniers, ils persistèrent à m'entourer pour faire barrage à la mort. Ils demeuraient pourtant des interstices où elle m'épiait… Enfin, la nature reconnut sa faute et se reprit, elle abattit au hasard un étranger pour me sauver. Je fus transplanté. Mon père n'eut pas à périr de chagrin.

Boba était en colère, ses mots étaient en désordre. C'était nouveau pour moi, et pas déplaisant à entendre, cette voix qui crépitait dans le combiné. Elle allait me rejoindre, nous coordonnions nos arrivées à Paris ; elle, de là-bas, et moi, de la Creuse… Boba n'admettait pas qu'un homme puisse se suicider. Pour elle, la mort venait à l'improviste, on ne la convoquait pas comme un domestique pour qu'elle vous aide à débarrasser le plancher. Je la croyais, elle l'avait vue débroussailler son pays, en racler toutes les surfaces et faire les fonds de tiroirs : des pères et des maris, qui ne demandaient qu'à vivre, emportés par son tourbillon et laissant des familles séquestrées dans l'horreur… Il y a fléaux plus grands qu'une séparation entre un homme et une femme… Je n'avais pas d'avis. Les opinions viendraient plus tard, quand je serais père, certainement.

L'exil à Guéret s'achevait et Noël se profilait. Je rentrais à Paris. Mon préfet se rendait dans la capitale pour assister à une réunion de képis brodés au ministère de l'Intérieur, il m'offrit une place dans sa voiture. Sobre, il roulait vite… Nous fûmes arrêtés et contrôlés pour un excès de vitesse. Devant le titre et la fonction, les motards se figèrent dans un garde-à-vous martial et nous laissèrent repartir en paix. En insistant un peu, ils nous auraient escortés jusqu'à la prochaine barrière de péage. En s'éloignant des pandores, Jacky me souffla : « Face à l'épizootie de grippe aviaire, les autorités sanitaires obligent au confinement total des volailles, et on voit toujours autant de poulets sur le bord de nos routes, c'est à n'y rien comprendre... » Il me déposa sur la butte Montmartre, me souhaita bonheur et succès, m'avoua cependant qu'il était préoccupé par mon entêtement à finir fonctionnaire, il m'avait vu à l'œuvre et m'avait noté, bien au-dessus de mes mérites d'ailleurs, je confirmais son scepticisme... « Thomas, il y a deux sortes de héros : ceux qui montent à l'assaut et ceux qui gardent la maison... Nous, nous gardons la Maison... C'est ça l'administration ! Pensez-y avant de vous décider, avant d'être malheureux ! » Cette tirade, il la devait à André Dussollier, qui interprétait le rôle d'un préfet dans un téléfilm, elle résumait bien toute l'ambiguïté de la charge d'agent de l'Etat.

J'allais sûrement le regretter, cet homme quelque peu désabusé, qui savait pleurer en écoutant une chanson de Serge Reggiani... Je crois qu'il avait choisi la haute administration comme certains rejoignent les Ordres : frappé par un mysticisme de jeunesse... La grâce rognée par les contraintes, il s'était aperçu que l'Etat n'était rien d'autre qu'une violence mal digérée, un assujettissement imposé qui cloisonnait les êtres plus qu'il ne les liait... Il régentait un département, mais il s'imaginait ailleurs. Parfois, dans les couloirs de la préfecture, il se mettait à chanter à tue-tête : « J'aurais voulu être un artiste ». Quand nous entendions cet air, lorsque s'émoussait sa foi, il était alors inutile d'évoquer avec lui un dossier, de lui soumettre un parapheur, ou même de lui demander l'heure… « *J'aurais voulu être un artiste/Pour pouvoir faire mon numéro/Quand l'avion se pose sur la piste/A Rotterdam ou à Rio…* » Lui, à Guéret ! Alors Rio ? C'est dire combien ses rêves étaient beaux…

J'avais à peine posé mon barda, rallumé le chauffage et mis ma veste sur un cintre que le téléphone sonna. C'était ma mère. Elle m'appelait de son bureau, aux Affaires étrangères, une chose rare pour une femme d'une telle probité qui se refusait à passer des coups de fil personnels sur son lieu de travail. Je ne serais pas avec eux pour les fêtes de fin d'année. Elle en fut désappointée et me dit que mon père l'était aussi mais, pour une raison différente, il désirait revoir Boba et lui faire découvrir Genève, les abords du lac, ses institutions internationales, une marche à suivre ennuyeuse pour une jeune fille amoureuse. Le sable chaud des Caraïbes lui irait mieux que les pavés humides des vieilles rues de la cité calviniste. Ma mère en convint et me fit promettre de ne pas oublier de ramener des boîtes de cigares pour adoucir la déception de mon père.

La lecture exhaustive du code de la fonction publique française me permit de passer sans encombre la douane de l'aéroport de Roissy... Le Boeing 747 d'Air France qui nous ramenait de La Havane s'est posé à dix heures et vingt minutes, après un vol au-dessus de l'océan Atlantique qui dura sept bonnes heures. Nos valises furent déchargées sur le tapis roulant alors que nous quittions le contrôle des passeports. Le timing était respecté, il n'y avait pas de grève, un préavis de travail courait. Mon sac, embarqué en soute dans les derniers, apparut dans les premiers. La logique aussi était honorée. Il contenait huit boîtes de cigares, soit six de plus que l'autorisation légale, ainsi que quatre bouteilles de rhum : deux blancs de vingt-cinq ans d'âge, deux ambrés. La fraude était manifeste, les règles transgressées. Trois douaniers stationnaient près de la sortie des voyageurs. Il était environ onze heures moins le quart. Notre provenance n'étant pas cataloguée *pays à risques*, ils paraissaient coulants, je les soupçonnais d'être vigilants... J'invitai mes deux compagnes à m'attendre dans le hall de l'aéroport, après la douane, une fois leurs bagages réceptionnés. Je suis resté seul à regarder mon gros sac noir tourner en boucle sur le tapis, au milieu d'autres passagers qui espéraient les leurs. J'observais du coin de l'œil mes trois gabelous. Il y eut quelques vérifications et des questions de routine, pas de fouilles de valises, un laisser-aller général. L'heure avançait. J'étais impatient de savoir si le code de la fonction publique serait observé à la lettre, sinon dans l'esprit. Les douaniers le magnifièrent par une ponctualité sourcilleuse. A onze heures quarante-trois, soit deux minutes avant l'heure prévue, ils désertèrent leur poste. C'était l'heure de l'apéritif. J'étais rassuré, ils connaissaient sur le bout de la langue leur droit… Le passage enfin libéré, je pris ma besace, mes marchandises non déclarées et je quittai la zone. Dehors, Marguerite et Boba me souriaient. Mon père allait être un homme comblé.

Nous sommes allés à Cuba. Nous en sommes donc revenus… Nous partîmes à trois, nous revînmes à trois ? Boba et moi n'en étions pas persuadés, il fallait qu'elle effectue un test de grossesse. C'était une fille brillante et appliquée, je l'avais aidée à réviser, il n'y avait aucune raison qu'elle échoue à l'examen. Elle allait remiser pour un temps ses veuves de guerre, j'allais postuler au ministère de la Défense, nous ne perdrions pas de vue ce qui nous pendait au nez un jour ou l'autre… S'il fut facile pour nous de nous envoyer en l'air, ce ne fut pas le cas de Marguerite. Elle ne redoutait pas l'avion, elle appréhendait les mauvaises rencontres dans un endroit confiné. Des moyens de transport, elle n'utilisait que les autobus, le métro, parfois le taxi, ses chaussures. Elle aimait descendre à son gré, changer d'avis, ne plus les suivre et se dérouter… Les nouvelles restrictions à l'embarquement empêchent les avions d'être détournés et brident le charme de l'impondérable, les plans de vol sont respectés et l'agrément n'y est plus, on arrive à destination sans surprise, sans être épaté par l'imprévu affable et armé, à l'accent si distingué... Elle regrettait, comme tous les nostalgiques de la grande époque, ces désuets Rome-Paris, avec escales forcées à Tripoli ou Beyrouth... Il fallut aussi la convaincre qu'on pouvait passer Noël et le jour de l'an ailleurs que sous la grisaille, au soleil par exemple... A La Havane, il y a beaucoup de soleil, mais il y a encore plus de pauvres, ils y sont tellement nombreux qu'ils vous font ombrage et gâchent les bienfaits du soleil... Les pauvres sont tenus à distance par la police, le soleil par les crèmes à forts indices de protection... Une fois assimilé ceci et sauvegardé de tout, le séjour s'annonce agréable.

Marguerite estimait Boba et la considérait déjà comme sa confidente, Boba me prenait pour son fiancé, les Cubains nous jaugeaient tels des coffres ambulants bourrés de devises... Marguerite ne m'appelait plus *Nicolas*, mais *Thomas*. Moi, j'étais heureux, c'étaient nos vacances et j'aimais tout le monde. Touriste, c'est un métier... Notre vocation est née le deuxième jour, la fatigue du voyage et les fuseaux horaires digérés. Nous avons suivi le guide, arpenté les parcours balisés. Lorsque nous fûmes rassasiés de la « Vitrine », nous sommes passés de l'autre côté, dans la vraie vie... Celle de la misère et des pénuries organisées. Et n'en déplaise à ce Monsieur Aznavour, la misère n'est pas moins pénible au soleil. Lorsque nous fûmes écœurés de cette pauvreté arrêtée par décrets dictatoriaux, nous sommes allés à la plage… Sur le sable, face à la mer, alors que j'ôtais ma chemise pour me baigner, Marguerite s'est accordé une privauté : elle a caressé et embrassé la cicatrice qui barrait mon torse et mon ventre… Et m'a dit que Nicolas était vivant.

Marguerite avait mué lorsque je suis rentré de Guéret… Je lui avais présenté Boba, qui m'attendait à Paris depuis la veille, et annoncé que nous l'invitions à passer les réjouissances de fin d'année à Cuba. Devant Boba, elle est demeurée sans voix, pour l'escapade elle a déclaré ne pas détenir de passeport et n'avoir jamais quitté la France et dépassé la région parisienne, sauf pour la Creuse, ce qui constituait déjà une performance, la correspondance à Limoges surtout. Je l'avais suffisamment fréquentée pour savoir qu'elle était du genre casanière, pourtant elle connaissait la géographie, les pôles et les hémisphères, les pays et les villes qui troquaient leurs noms quand les armes changeaient de mains et les destins d'orbites : des télégrammes, elle en avait expédié des milliers… Le passeport obtenu, elle se fit capricieuse et eut des scrupules à accepter notre présent. J'ai balayé sa réticence : un héritage, on le gaspillait dans l'instant pour qu'il conserve sa valeur, sinon il empestait la naphtaline et le formol ; il était de bon aloi de dévoyer sa tristesse dans les débours et les besoins non impérieux, les trous d'air et les changements d'heure. Je fis l'achat de trois billets d'avion, de lotions solaires et pour arroser la dissidence, d'exemplaires de *Technique du coup d'Etat* de Malaparte, en italien, pour corser le combat. Je ne sais pas si c'est l'apparition de Boba ou cette idée d'afficher notre liberté en séjournant chez un despote, mais elle cessa de me prendre pour son fils... Boba fut surprise, j'avais évoqué un phénomène clinique, elle découvrait une dame alerte, une voisine qui serait devenue une bonne vieille copine. Loin d'être contrarié par ce revirement qui me faisait passer pour un mystificateur et comme je ne feuilletais aucune de ces revues psychologiques en vogue, j'ai conclu qu'elle en avait fini de ses maux qui lui piquaient les yeux au point de me voir autrement, et que la sagesse et la parole recouvrées, on allait être amis pour la vie. Chacun dans sa peau.

Nicolas était vivant... Evidemment, ça fait un choc d'apprendre cela alors qu'on s'apprête à plonger dans la mer des Caraïbes... On croit aller taquiner le poisson et on se retrouve à chercher du regard un revenant. C'était bien la première fois que ma cicatrice suscitait cet effet : ressusciter un mort. On ne se sent pas fier, on se sent utile. Généralement, elle était prétexte au badinage, aux devinettes avec les filles. Je m'inventais des batailles rangées, des coups de couteaux et des duels au sabre à l'aurore, entourés de témoins impassibles. Je les impressionnais. Pour un fonctionnaire, c'était inespéré... Puis j'avouais. C'était moins glorieux. L'hôpital, c'est pas vraiment le terrain de prédilection des aventuriers et les dialyses c'est pas glamour... Certaines me reprochaient ma frivolité face à la maladie, je leur disais que je pouvais me le permettre, que j'avais vu la mort dans les yeux, me moquer d'elle, c'était ma revanche. Elles se calmaient et me dorlotaient, jouaient les infirmières. Encore une compensation, à quinze ans les infirmières ce n'est pas facile à courser et à séduire quand on est harnaché à des machines, on part avec un lourd handicap... Il y a aussi la compassion devinée, le joli mot pour ne pas dire pitié... Je m'en souviens fort bien, j'avais une petite amie de mon âge, Anne, elle est venue me voir une fois... Il m'arrive de me demander encore ce qu'elle est devenue, car elle n'est jamais revenue... Sur le sable et face à la mer... Marguerite ne voulait pas se baigner, faire trempette jusqu'aux mollets, les deux pieds dans les sandales, c'était envisageable, mais se dévêtir devant tant de monde lui paraissait impossible... Tout autour de nous les Cubaines, les Cubains, étaient magnifiques. En les observant je me demandais si les Américains sevrés de libertés et de calories n'en seraient pas moins obèses, enfin fréquentables... Avec Marguerite, je n'ai pas eu envie de faire le malin, de jouer les mousquetaires ou les mauvais garçons. Je lui ai raconté ma naissance allégée, mon enfance sans histoire, mon adolescence souffreteuse et l'agonie prorogée par le remplacement du rein déficient. J'ai cru qu'elle allait me plaindre, je fus déconcerté par sa question. J'ai répondu que je m'en souvenais parfaitement bien, c'était il y a dix ans, un jeudi premier octobre, dans la soirée. J'ai tant parlé que j'en ai oublié la baignade ; Boba fut la seule à en profiter ce jour-là. Il n'y avait pas que cela, j'étais trop ébranlé par les mots de Marguerite pour aller la rejoindre. « Thomas, Nicolas continue à vivre, quelque part, chez quelqu'un... »

Pour fêter cela nous avons bu du rhum, aussi puissant que la vodka artisanale de Marguerite. Du rhum-orange plus exactement... Le soir nous prenions le rhum, le matin au petit déjeuner, le jus d'orange. L'estomac faisait le reste. Le pays fut traversé, les musées visités, les photos prises, les vieux hôtels admirés, les cigares achetés et les cartes postales expédiées. A la date mentionnée sur les billets, nous avons repris l'avion. Des passagers portaient des shorts. Le port du short devrait être interdit dans les avions, comme l'usage de l'accoudoir central par quelqu'un d'autre que vous. Avec Boba, nous faisions cause commune sur le nôtre. Nous avons frissonné en sortant de Roissy. Sept heures de vol, vingt-cinq degrés de différence, ça fait froid dans le dos. Pour regagner la rue Girardon nous avons loué un taxi. Boba, pour rejoindre la Croatie deux jours plus tard, se leva à l'aube. Elle m'annonça de Dubrovnik que nous avions réussi notre examen d'entrée dans la famille parents. J'en déduisis que l'île de Cuba avait une position propice à la fertilité et que j'étais amoureux de cette jeune fille. J'ai vidé mon appartement, rendu les clefs, et troqué la moto contre des ustensiles de cuisine en fonte *Le Creuset*. En quittant la rue, j'ai levé les yeux vers les étages supérieurs du numéro 4, où écrivait Céline, pour voir s'il ne restait pas quelques points en suspension. J'ai voulu inviter Marguerite au restaurant pour lui dire au revoir, elle déclina mon offre et préféra me convier dans un endroit surpeuplé et, paradoxalement, silencieux.

La dernière fois que je l'ai vue vivante c'était là, au cimetière. Je quittais Paris le soir… Mon stage administratif était terminé et j'avais quelques bonnes notions de cuisine, surtout les marinades pour civets de lapin, lièvre, daubes de sanglier et les autres gibiers de chasseur, sans oublier le gros coq… Ce qui est vital dans la marinade c'est le vin et les heures de macération. La qualité des oignons, celle du temps qui passe ; c'est un plat pour le surlendemain, si on est affamé. En face de la tombe nous étions loin des arômes, des subtilités gustatives. Etre mort c'est d'abord tomber très bas… C'est simpliste, mais c'est ce que je me suis dit en regardant le caveau. J'avais vingt-cinq ans et c'était bien la première fois que je mettais les pieds dans un parking à cadavres. Même lorsque ma grand-mère est morte, je n'y suis pas allé. Après la cérémonie, au funérarium, elle avait exigé que personne ne la suive au cimetière, elle allait rejoindre son mari, c'était un rendez-vous amoureux… Là, ils m'encerclaient et me tenaient en respect. Ils avaient tous reçu la mort en héritage et je n'avais pas la conscience tranquille au milieu d'eux ; j'étais en territoire adverse… J'avais entraperçu des cimetières, blotti derrière les vitres des trains, des voitures ou des avions ; du hublot, en décollant de Genève-Cointrin, quand l'appareil vire à l'ouest et qu'il fait soleil, son ombre feuillette les tombes ; là, j'étais choqué par ces étalages de richesses autour de moi, par ces investissements massifs dans la mort. Pour sédentariser les cadavres, on leur offrait des cryptes et des mausolées, des marbres ou des granits lourds comme des boulets. Entre les alignements de pierres tombales il n'y a pas de place pour les grands chambardements. Je me suis contenté de lire le nom sur la plaque, surtout le prénom : « Nicolas ». Même pour un mort, c'est jeune. A vingt et un ans, on a encore la tête dans les nuages, et on finit au ciel dans une aire de stockage, sous une chape de moellons avec une étiquette gravée. Je fus stupéfié par la date de sa disparition : un premier octobre. La coïncidence était troublante, et par conséquent, j'étais fort troublé. Marguerite m'a invité à m'asseoir sur la tombe du voisin de son fils. Un autre qui se fait des vieux os dans sa niche. Je repose sur sa dépouille et il ne cherche pas à m'annexer, je décide d'avoir moins peur des cimetières. Il règne dans cet endroit une ambiance de grève générale et de ville morte avec ces allées où toute présence devient un désordre, ces domiciles condamnés et ces biographies exposées sur des portes closes. Elle sèche ses larmes, il lui reste une perle ou deux autour de l'œil droit, peut-être le gauche. J'aime de tout mon cœur cette vieille femme, j'ai appris à l'aimer et je dois la quitter demain, je vais devenir fonctionnaire et fonctionner à Genève. Une sinécure plus qu'une ambition. « On ne devrait jamais avoir des enfants sans être assuré de mourir avant eux, sans en être absolument certain… » C'est comme une langue étrangère, je l'entends mais je ne la comprends pas, je n'ai pas encore d'enfant. Avec Boba nous l'attendons. Jusqu'à la tombée de la nuit elle m'a encore raconté Nicolas, elle n'a pas voulu que je la dépose chez elle et nous nous sommes dit à bientôt devant les grilles du cimetière. « Je ne l'aime plus, le temps qu'il me reste. » Ce furent ses paroles quand je lui promis de revenir à Paris régulièrement pour la voir.

Nous sommes partis chacun de notre côté, en nous tournant le dos… Elle vers Montmartre, moi vers la gare de Lyon. Paris-Genève en T.G.V. Mes parents à l'arrivée. Dans le train, j'avais un livre, je ne l'ai pas ouvert. C'était pourtant un bon auteur, qui garantissait : « Un livre ? C'est un dictionnaire qu'on remet dans l'ordre ! » Tous les jours de l'année, c'est la même chose. Depuis toujours. Il y a ceux qui meurent et ceux qui prennent leur place, en naissant… A la seconde près… Le principe des vases communicants… Certains avancent que la nature a peur du vide : qu'un espace se libère, et il est pris par un autre dans l'instant. C'est la démographie, avec ses montagnes russes et ses grosses trouées, guerres et pics de natalité dans l'euphorie des réconciliations et des pardons. Des notions assimilées très jeune. On nous inculque la précarité. Pour nous apprendre à vivre et nous préparer à passer la main. La date du décès de Nicolas m'avait troublé, je me suis ressaisi. Les greffons ne traversent jamais les frontières. Non par peur des douaniers, mais parce que c'est impossible. Il y en a encore trop peu pour les exporter. Je l'ai su, on me l'a asséné quand je craignais de mourir, quand mes forces m'abandonnaient, quand mes parents et les médecins ne savaient plus répondre à mes angoisses… La Suisse manquait de donneurs, les Suisses ne sont déjà pas bavards. Ils sont encore moins disposés à se répandre par lots. Et puis, Helvètes ou pas, le don de soi n'est pas courant. Mort, on tient encore plus à ses abattis. Alors qu'il est envisageable de se survivre dans le corps d'un autre et de s'offrir quelques heures supplémentaires… Ce n'est pas de l'égoïsme, c'est juste avoir une haute idée du devenir de sa dépouille… Ils sont nombreux dans la salle d'attente de la mort, ceux qui se regardent tomber, et qui comptent un à un les enterrements, avec ces macchabées aux entrailles saines, qui pourraient leur accorder un excédent de vie; ceux pour qui la mort d'un inconnu reste synonyme d'espoir... Nicolas s'est tué un premier octobre, je l'ai lu sur sa tombe. Le même jour, dix ans plus tôt, agonisant à l'hôpital cantonal de Genève, j'apprenais que je n'étais plus condamné à mort et que j'allais, in extremis, survivre, enfin gracié. Ce premier octobre, j'étais âgé d'une quinzaine d'années et je sauvais ma peau sur le dos d'un ou d'une autre; forcément on se rappelle toujours la journée où l'on renaît, ça ne s'oublie pas... Quelques mois auparavant, l'équipe médicale m'avait prévenu : pour que je puisse vivre, quelqu'un, quelque part, le plus vite possible, devait mourir pour moi; à lui les asticots, à moi la gratitude... Entre-temps, je n'avais rien à faire, sinon patienter et surtout, surtout, ne pas m'endormir... Je ne rêvais pas encore à cette époque d'un treizième mois ou d'avantages sociaux, plutôt d'un rein greffé et d'un bail à très long terme, un désir d'adolescence... A cet âge on est tenace, presque increvable; il m'est arrivé pourtant de souhaiter qu'un inconnu se tue pour moi. Je me jurais que la mort n'était rien, rien d'autre qu'une petite soustraction, être sous terre, soustrait à la vie, aucune malveillance là-dedans... Et ce fut un jeudi, aux alentours de vingt heures, que je quittai définitivement le couloir de la mort pour m'engouffrer dans le bloc opératoire.

Ma gestation étatique achevée et mon Helvétie natale regagnée, Marguerite me manquait et c'est en retrouvant Paris, à l'improviste, pour lui rendre visite, que j'appris par la concierge sa mort violente. J'ai fait deux choses : pleurer jusqu'à m'essorer et lire Montherlant. L'ensemble de son œuvre, les romans, les pièces de théâtre, ses carnets et sa correspondance, même la liste des commissions retrouvée après son suicide. Rien ne m'a échappé... J'ai éreinté les bouquinistes, écumé les éditeurs et pressuré les bibliophiles. J'ai lu les thèses qui lui étaient consacrées, certaines étaient indigestes, d'autres farfelues, quelques-unes fulgurantes. Pour essaimer son talent, des bataillons d'étudiants avaient cru bon s'improviser neurologues légistes, les dissections étaient grossières, bâclées. Le cadavre avait été trituré, les chairs mal raccommodées. Homme hors du commun il fut dénaturé en patchwork approximatif... Détrousseurs d'astres ! Envieux ! Futurs professeurs de lettres ballonnés de morgue ! Marguerite avait laissé quelques mots à mon intention, aux bons soins de notre chère concierge. Quand elle me remit l'enveloppe, elle me précisa qu'elle l'avait dissimulée à la police. Elle se fit conspiratrice, et pour une fois discrète, je l'embrassai très fort. Je crois même que nous avons mélangé nos larmes... C'était elle qui avait découvert le corps, en lévitation, retenu au plafond par une rallonge électrique. Revenue dans sa loge pour alerter les secours, elle avait glissé le mot derrière sa tapisserie murale, entre les daguets et les biches brodés… « Quand vous êtes rentré à Genève, elle était terriblement meurtrie, mais je ne l'imaginais pas se suicider. » Une des phrases de Marguerite, dans la lettre qu'elle m'adressait, retint ma curiosité… Elle se souvenait d'un ouvrage de Montherlant qu'elle avait lu, entre deux télégrammes à envoyer, lorsque l'attente lui pesait, ou que les obligations des amoureux ne transitaient plus par elle… L'écrivain affirmait (elle s'en souvenait de mémoire sans être capable de citer le passage exact) que les corps morts étaient lourds des choses qu'ils n'avaient pas su exprimer de leur vivant, que toutes ces dépouilles étaient lestées de secrets, et c'est pourquoi il fallait plusieurs hommes pour soulever le cercueil et le glisser en terre. Le caveau verrouillait alors des silences, pudeurs murées et autres maladresses à jamais condamnées, tues dans l'ultime putréfaction. J'ai lu Montherlant. Et j'ai aimé. Vraiment. C'était un écologiste sincère, avant que cela ne devienne une mode, une posture, une turlupinade médiatique pour tous les José Bovins ; il ambitionnait d'alléger le poids de la terre pour la rendre plus céleste, pour que sa rotation autour du soleil s'en ressente. Il espérait des morts aériens, désemplis, des poids plume et non plus des poids morts. Romancier d'une grande sagacité, il a d'ailleurs terminé à l'Académie française, c'est un signe, et fin observateur de la gent humaine, il hurlait : « Morts, vous ne parlerez plus ! Videz votre sac avant de dégringoler dans la fosse ! Désencombrez-vous ! »

Marguerite n'était plus là. J'ai lu sa lettre. Je n'ai retenu aucun de ses mots. Sauf ceux de Montherlant. Et puis je l'ai brûlée. « Il ne sert à rien de tamiser la poussière des morts. » Je ne l'ai jamais revue. Ou plutôt oui, allongée près de Nicolas. Réunis dans leurs silences, sous le même caveau. Ces deux-là se devaient des mots... D'un coup ma cuirasse s'est ouverte, et j'ai pleuré sur cette tombe. J'ai quitté l'endroit. J'allais devenir papa. Marguerite me soufflait : « On ne devrait jamais avoir des enfants sans être assuré de mourir avant eux, sans en être absolument certain. »

Ce sont les mots qu'ils n'ont pas dits qui rendent si lourds les morts dans leurs cercueils.

Henry de Montherlant.

Ce livre doit beaucoup à Mademoiselle Sara Thelle, qui, jusqu'à l'instant de l'ultime ponctuation, fut présente à mes côtés.

17h10

6h CDG

Paul M. Marchand dans Le Livre de Poche

Le Livre de Poche

J'abandonne aux chiens l'exploit de nous juger n° 30427

Lorsqu'elle rencontre Benoît pour la première fois, Sarah a dix-sept ans : ce livre est l'histoire d'un inceste entre un père et sa fille, mais un inceste de consentement. « Je l'attendais depuis une heure, depuis deux cent quarante mois, un entraînement monotone. Moi à force de le guetter, et lui, à force de faire des détours, il était fatal que nous nous rencontrions. Deux existences qui auraient dû être communes et qui se retrouvaient aujourd'hui avec un léger différé. » C'est alors une seconde naissance, celle d'une passion violente, interdite, improbable, et pourtant partagée. « J'étais là, épanouie devant lui, déjà presque une adulte Et bientôt la seule femme de sa vie. La seule qu'il ait aimée, comme un possédé, jusqu'à en mourir ». *J'abandonne aux chiens l'exploit de nous juger*, titre repris d'une chanson de Brel, dit le refus d'une morale bien-pensante : c'est un réquisitoire à la fois tendre et emporté contre la sentence hâtive qui sanctionnerait une affinité que la seule détermination génétique interdit. Comme toujours, Paul M. Marchand n'hésite pas à heurter ; après *Sympathie pour le diable* et *Ceux qui vont mourir*, il trouve dans une vie autre la matière d'une introspection troublante. Un lyrisme maîtrisé, une langue inventive, toute d'amour et de rage.

Composition réalisée par Asiatype

Achevé d'imprimer en janvier 2008 en France par
MAURY Imprimeur
45330 Malesherbes
Dépôt légal 1re publication : janvier 2008
N° d'éditeur : 94745
LIBRAIRIE GÉNÉRALE FRANÇAISE
31, rue de Fleurus – 75278 Paris Cedex 06

31/2250/4